천외천의 주인 32

2023년 2월 10일 초판 1쇄 인쇄
2023년 2월 15일 초판 1쇄 발행

지은이 한수오
발행인 강준규

기획 이기헌 왕소현 박경무 강민구 조익현
책임편집 오영란
마케팅지원 이원선

발행처 (주)로크미디어
출판등록 2003년 3월 24일
주소 서울시 마포구 마포대로 45 일진빌딩 6층
Tel (02)3273-5135 Fax (02)3273-5134
홈페이지 rokmedia.com E-mail rokmedia@empas.com

ⓒ 한수오, 2020

값 9,000원

ISBN 979-11-408-0580-8 (32권)
ISBN 979-11-354-8621-0 04810 (세트)

한수오 신무협 장편소설

32

천외천의 주인

| 회자인구膾炙人口 |

차례

쾌도난마 快刀亂麻 (1)

무언가 이상하다는 느낌은 받았다.

상황과 어울리지 않는 황제의 태도와 언변이 주는 위화감은 누구라도 그냥 넘길 수 없는 방점이었다.

그러나 일체의 사전 동작도 없이 조금도 망설이지 않고, 틈을 찾지도 않고 달려든 조위문과 종리매의 공격은 천하의 사도진악이라도 실로 바로 대처하기 어려웠다.

와중에 벼락 치는 듯한 굉음이 터졌다.

꽈릉―!

사도진악은 부지불식간에 칼을 뽑아서 종리매의 칼을 막았다.

실로 간발의 차이였다.

깡-!

장내가 거친 금속성으로 흔들렸다.

막강한 경기의 격돌로 주변의 공기가 우렁우렁 울었다.

그사이 조위문의 칼끝이 사도진악의 사각을 파고들었다.

사도진악은 반사적으로 물러났으나, 소용없었다.

칼끝이 닿기도 전에 다가온 파괴적인 검기가 그의 옆구리를 훑었다.

사도진악은 그제야 깨달았다.

갑자기 터진 벽력음의 정체는 바로 조위문의 칼질이었다.

휘릭-!

잘려진 옷깃이 휘날리는 가운데, 사도진악의 옆구리에 붉은 자국이 보였다.

치명상은 아니나 그렇다고 쉽게 넘길 수 있는 상처도 아니었다.

상처 부위의 옷깃이 불에 탄 것처럼 검게 변해 있어서 더욱 심각해 보이는 모습이었다.

기실 따지고 보면 사도진악의 실수였다.

그는 종리매의 공격만 의식하고 있었다.

종리매의 정체가 소림속가제일인인 패검이룡임을 이미 알고 있었기 때문이다.

그런데 그게 실수였다.

제독동창 조위문의 무공은 결코 그가 경계하던 종리매의 아래가 아니었다.

종리매와 막상막하 혹은 윗길에 있는지도 몰랐다.

사도진악은 자신의 시야가 닿지 않는 사각으로 파고들어서 옆구리를 훑고 돌아간 조위문의 칼질에 당하고 나서야 그것을 깨달았다.

그리고 그는 또 깨달았다.

방금 전에 터진 벽력음은 종리매가 아니라 조위문의 칼질에서 터져 나온 것이었다.

사도진악은 그로 인해 알게 되었다.

과거 그처럼 맹렬한 도법으로 천하에 혁혁한 명성을 떨친 절대고수가 하나 있었다.

양가장의 전대가주인 신창 양세기, 청성파의 전대고수인 청성신기 주선보와 더불어 일왕쌍성삼신사마로 대변되는 천하십대고수 중 삼신의 하나인 뇌정신도(雷霆神刀) 포아자(暴亞子)가 바로 그 주인공이었다.

포아자의 뇌정도법만이 방금 전의 우렛소리를 소환할 수 있었다.

'하지만 그는 죽었는데……?'

사도진악은 불쑥 찾아든 의혹을 참아내고 다급하게 물러났다.

앞서 그가 간발의 차이로 막아 낸 종리매의 검이 푸른 섬광으로 이루어진 곡선을 그리며 재차 그에게 휘둘러지고 있었다.

조위문이 신분을 감춘 포아자 당사자든 아니면 포아자의 후인이든 간에 종리매도 그에 못지않은 고수인지라 절대 무시할 수 없었다.

다행히 날벼락처럼 벌어진 상황에 당황한 마천휘와 흑룡, 흑표가 그제야 정신을 차리며 나서서 종리매와 조위문의 앞을 막았다.

독심광의가 기민하게 그의 곁으로 붙었고. 나머지 네 명의 죽립인이, 바로 만일의 경우를 생각해서 대동한 사혼강시와 역천강시들이 그의 주변을 차단하고 있었다.

사도진악은 그제야 어느 정도 여유를 되찾으며 황제를 향해 소리쳤다.

"대체 이게 무슨 짓입니까?"

황제는 그의 질문에 대답하지 않았다.

동창의 고수들 뒤로 물러난 그는 대답 대신 동창의 제기들과 금의위의 위사들을 향해 버럭 화를 냈다.

"어찌 역도의 입이 저리도 한가한 게야!"

황제의 명령은 절대적이었다.

상관이자 고수들의 싸움에 나서지 않고 지켜보던 동창의 고수들과 금의위의 위장들이 대번에 칼을 뽑아 들며 나섰다.

그 순간, 가장 지근거리에서 황제를 호위하던 흑의중년인 하나가 재빨리 손을 들어서 그들의 진격을 막으며 황체를 향해 고개를 숙였다.

"경지를 이룬 고수를 상대로 우르르 달려드는 것은 오히려 득보다 실이 많습니다. 격에 어울리는 상대만 나설 수 있도록 허락해 주십시오, 폐하."

황제가 싫지만 어쩔 수 없다는 표정으로 허락했다.

"그대의 의견이 그렇다면 뭐, 그러던지."

"감사합니다, 폐하."

흑의중년인이 즉시 인사하며 돌아서서 허리의 장도를 뽑아들며 동창의 제기들과 금의위 위사들을 향해 말했다.

"도찰원의 어사들은 폐하의 곁을 지키고, 동창은 일급당두까지, 금의위는 천호까지만 나선다!"

말이 끝나기 무섭게 돌아선 그가 지상을 박차고 날아오르며 외쳤다.

"귀하의 명성은 익히 들어서 잘 알고 있다! 오왕의 하나지만 십대고수와 자웅을 결할 수 있는 유일한 고수라지? 여기 금군의 일원인 공손벽이 있다! 어린애들 뒤에 숨지 말고 나와서 어디 한번 나와 대결해 보자!"

그랬다.

흑의중년인은 바로 황제가 지난 죄과를 사하고 중랑장으로 등용했다는 대내무반의 최고수, 바로 전 금군대교두 무적초자 공손벽이었다.

그리고 공손벽은 그런 명성에 걸맞은 신위를 드러내고 있었다.

바람처럼 쾌속한 경신법 아래 이십여 장의 거리를 거짓말처럼 지우며 어느새 사도진악의 면전에 이른 것이다.

"......!"

일순 사도진악은 망설였다.

대내무반의 제일 고수라는 공손벽의 위세에 눌려서가 아니었다.

산전수전 다 겪은 그가, 내심 천하 십대 고수들조차 안중에 두지 않고 있던 그가 고작 공손벽을 두려워할 이유는 없었다.

다만 상황이 극도로 좋지 않았다.

설마 황제가 자신의 제안을 거부할 것이라고는 전혀 생각하지 못하고 방심한 까닭에 최소한의 병력만을 대동한 그였다.

반면에 황제는 대내무반의 고수들을 총동원했다.

이제 보니 황제는 애초에 그의 제안 따위는 안중에도 없이 작심하고 나선 것 같았다.

이런 상황에서 시간을 끄는 것은 정말이지 하등 좋을 게 없었다.

"사군과 야효는 놈을 막고, 천사인과 지사인은 퇴로를 뚫어라! 다들 후퇴하라!"

사도진악을 경호하고 있던 네 명의 죽립인 중 두 명이, 바로 역천강시인 사군과 야효가 득달같이 뛰쳐나가서 공손벽을 맞이했다.

동시에 나머지 두 명의 죽립인, 사혼강시인 천사인과 지사인이 측면으로 내달려서 장내를 에워싸고 있던 동창의 제가들과 금의위 위사들의 일각을 덮쳤다.

"으악!"

"크아악!"

천사인과 지사인의 위력은 실로 대단했다.

동창의 제기들과 금의위 위사들이 펼친 포위망의 일각을 맨몸으로 무너트리고 있었다.

사도진악은 그 뒤를 따라가는 와중에 못내 황제를 노려보고는 코웃음을 치며 이를 갈았다.

"황제? 흥! 오늘의 결정을 크게 후회할 날이 있을 거다!"

그때 저편에서 흑표의 공격을 회피하며 솟구친 조위문이 그대로 허공을 가르고 날아오며 칼을 휘둘렀다.

쫘릉―!

공손벽의 장도에서 뇌정도법의 상징과도 같은 예의 벼락 치는 듯한 굉음이 터져 나왔다.

무지막지한 기세가 사도진악의 머리를 향해 거대한 아름드리나무가 무너져 내리는 것처럼 휘둘러지고 있었다.

"흥!"

사도진악은 새삼 코웃음을 치며 손을 휘둘렀다.

어느새 뽑혀서 그의 수중에 들린 칼이 시뻘건 광채로 이글거리며 공손벽의 칼을 마주하고 있었다.

"뇌정도법 따위가 겁나서 자리를 떠나는 것이 아니니라!"

사도진악은 칼을 휘두르며 조소까지 날리는 여유를 부렸다.
그 뒤로 파괴적인 폭음이 터졌다.

꽈광-!

붉은 기운이 사방으로 비산했다.

강렬한 격돌로 쪼개진 강기와 검기의 비산이었다.

공손벽이 와중에 허공에서 멈추며 서너 장이나 뒤로 밀려 나
갔다. 격돌의 여파로 튕겨진 것이다.

반면에 사도진악은 멀쩡했다.

그는 뒤쪽으로 발길을 옮기던 자세 그대로 서서 튕겨 나가는
공손벽을 쳐다보며 비웃고 있었다.

"대내무반의 제일 고수? 흥!"

낮게 뇌까린 말이었어도 종리매는 충분히 들을 수 있었다.

또한 짧은 비아냥거림이었으나, 종리매의 분노를 격발시키
기에는 충분하고도 남았다.

"……!"

허공에 선 채로 말없이 안색을 굳힌 종리매의 옷자락이 바람
을 불어넣은 것처럼 부풀어 올랐다.

두 눈이 새파란 불꽃처럼 타오르고, 머리카락이 한 올 한 올
뱀처럼 일어나서 하늘로 뻗쳤다.

그의 수중에 들린 장도가 그야말로 뇌전처럼 푸른빛을 발하
며 이글거렸다.

"포아자 당사자가 아닌데, 뇌정도법을 대성했다고……?"

사도진악은 적잖게 놀랐다.

많이 당황스럽기도 했다.

조위문의 뇌정도법이 극성에 달했을 줄은 미처 예상하지 못한 일이었다.

그 순간!

꽈릉-!

예의 벽력음이 터졌다.

그 뒤로 시위를 떠난 화살처럼 빠르게 쇄도하는 푸른 섬광이 있었다.

장검을 앞세운 조위문이었다.

사도진악은 감히 경시하지 못하며 반사적으로 자리를 피했다.

그냥 맞받아치고 싶은 욕심이, 바로 어쩔 수 없는 무인의 욕망이 치솟았으나, 애써 눌렀다.

꽈지직-!

간발의 차이로 방금 전에 그가 서 있던 바닥에 깊은 고랑이 파였다.

새파랗게 이글거리는 조위문의 창검이 훑은 자국이었다.

사도진악은 그사이 천사인과 지사인이 무너트린 동창과 금의위의 일각을 넘어섰다.

지금은 누가 뭐래도 자리를 떠나는 것이 우선이었다.

그게 최고는 아닐지 몰라도 최선의 선택이라는 것이 그의 생각이었다.

그런 사도진악의 측면에서 눈부신 금광이 쏘아졌다.

사군의 머리 위로 떠오른 종리매의 장력인 대력금강장(大力金剛掌)이었다.

"젠장……!"

사도진악은 이번에도 역시 맞받아치지 않고 자리를 피하는 것으로 결정하고 신형을 날리며 절로 욕설을 뱉어 냈다.

이유야 어쨌든 연신 피하기만 하는 자신의 모습이 문득 살려고 발악하는 생쥐 같다는, 적어도 남들이 그렇게 볼 거라는 생각이 들어서 울컥 짜증이 났던 것이다.

그는 결국 참지 못하며 이를 갈았다.

"죽고 싶어서 발악을 하는구나! 천사인! 당장 저놈의 목을 끊어 버려라!"

지사인과 함께 그를 앞서나가며 동창과 금의위의 포위망을 뚫고 있던 천사인이 즉시 반응해서 뒤로 빠졌다.

종리매가 날린 장력, 소림의 대력금강장이 그런 천사인의 가슴을 강타했다.

꽝-!

거친 폭음이 터지며 천사인의 상체가 기우뚱 뒤로 밀렸다.

그게 다였다.

천사인은 이내 자세를 바로하고 마치 씨름이라도 하겠다는 듯 활짝 펼친 두 손을 앞으로 내밀며 쇄도하는 종리매를 맞이했다.

"······?"

종리매의 눈이 커졌다. 적잖게 놀라고 당황한 것이다.

당연했다. 피와 살로 이루어진 인간이 소림기공의 정화 중 하나로 꼽히며, 백보신권과 보리패엽장(菩提貝葉掌), 뇌음벽력장(雷音霹靂掌), 천수여래장(千手如來掌)과 더불어 소림사의 오대장력 중 하나인 대력금강장을 정통으로 맞고도 아무렇지도 않게 버틸 수는 없었다.

"그렇단 말이지!"

종리매가 바로 허공에서 멈추며 두 손을 합장했다.

그의 신형이 좌우로 흩어지는 분신을 만들었다.

소림비기, 연대구품(蓮臺九品)이었다.

허공을 사르며 떠오른 아홉 명의 종리매가 달려드는 천사인을 향해 동시에 쌍수를 내밀었다.

손바닥이 아니라 손가락이었다.

아홉 개의 종리매가 펼친 쌍수에서 도합 구십 개의 백선이 화살처럼 뻗어지며 천사인의 전신요혈을 강타했다.

탄지신통(彈指神通)과 함께 소림지공의 쌍벽을 이루는 절대지공인 금강신지(金剛神指)였다.

파파파파박─!

천사인의 전신에서 불꽃이 튀었다.

한순간 천사인이 불덩어리처럼 변해 버린 모습으로 뒷걸음질 했다.

하지만 그게 다였다.

종리매의 입장에선 놀랍기 짝이 없게도 뒷걸음질 치던 천사인이 이내 버티며 제자리에 섰고, 두 팔을 활짝 펼쳤다.

순간!

꽝-!

엄청난 경기의 폭발이 일어났다.

종리매는 그 여파에 뒤로 밀려서 바닥으로 나가떨어졌다.

반면에 천사인은 멀쩡했다.

죽립은 깨져서 날아갔고, 의복은 넝마처럼 너널너덜하게 변했으며, 얼굴이나 몸에는 여기저기 불에 그슬린 것처럼 거무튀튀한 자국이 난무했으나, 기세만큼은 조금도 변하지 않았다.

반사적으로 일어나서 그런 천사인의 모습을 확인한 종리매의 눈빛이 경악과 불신에 휩싸였다.

그런 모습을 보고도 그냥 넘어간다면 사도진악이 아닐 것이다.

"죽음으로 깨달아라. 내가 지금 자리를 떠나는 것이 너희들을 두려워해서가 아니라 내일을 위한 포석이라는 것을 말이다. 흐흐흐……!"

그리고 그는 이내 돌아서서 발길을 옮기려다가 안색이 변해서 그 자리에 그대로 멈추었다.

분명 낯선 얼굴임에도 왠지 모르게 익숙하게 느껴지는 은발의 사내 하나가 홀연히 나타나서 그의 앞을 막아섰기 때문이다.

"바쁘게 지내시네?"

설무백이었다.

매우 친한 척 안부를 전한 그는 특유의 미온한 미소를 지으며 재우쳐 말했다.

"많이 고대했는데, 드디어 만났다, 그지?"

하늘에서 떨어진 듯 혹은 땅에서 솟아난 듯 홀연히 나타나서 앞을 막으며 무감동한 목소리로 마치 사전에 만나기로 약속을 잡아 놓은 것처럼 말하는 은발사내는 허름하게 낡았으나 짙은 흑의와 같은 색의 피풍(披風 : 바람막이)을 걸친 이십대 초반의 청년이었다.

다만 어둠과 하나처럼 보일 정도로 그림자처럼 검은 그 모습과는 대조적으로 청년의 머리는 은빛 광채가 번들거렸다.

온통 검은 일색 속에서 머리카락만은 저 멀리서 빛나는 횃불을 눈부시게 반사할 정도로 반짝이는 은발인 것이다.

흡사 은빛 보관(寶冠)을 쓴 것처럼 보이는 모습인데, 그 아래로 보이는 얼굴은 갸름하고, 긴 속눈썹과 깊은 눈동자, 반듯한 콧날을 가졌으며 그 아래 붉은 입술은 도톰하고 작아서 전체적으로 여자가 아닌가 착각할 만큼 수려한 용모라 참으로 기묘한 느낌을 주었다.

"……?"

사도진악은 그래서 처음에는 잠시 헷갈렸다.

상황이 상황인지라 마음도 조급한데다가, 느닷없이 나타나서 알은척을 하는 태도와 귀기(鬼氣)로 느껴질 정도로 요사스러운 기도에 적잖게 놀라고 당황해서 은발사내의 정체를 알아보지 못했다.

'특이한 용모다, 그리고 분명 초면인데 낯설지 않다'라는 느낌이 다였다.

그러다가 눈부신 은발머리가 시선 가득 들어오며 절대 잊을 수 없는, 잊어서도 안 되는 한 사람의 이름이 그의 뇌리에 떠올랐다.

"설……무백?"

사도진악은 이제야말로 내심 소스라치게 놀랐다.

내색을 삼가느라 안간힘을 다해야 했다.

선뜻 말문이 열리지도 않았다.

난데없이 여기서 왜 설무백이 나타난단 말인가?

그때!

꽈광-!

뒤쪽에서 거대한 폭음이 터졌다.

바로 다시 이어진 종리매와 천사인의 격돌이었는데, 이번에는 앞선 경우와 조금 다른 결과를 낳았다.

천사인이 주룩 뒤로 물러났다.

애써 버티느라 그의 두 발이 땅바닥에 깊은 고랑을 만들고 있었다.

반면에 투박한 삭도(削刀) 한 자루를 뽑아 든 종리매는 상대적으로 멀쩡한 모습이었다.

상체가 기우뚱 뒤로 젖혀지긴 했으나, 이내 자세를 바로하며 수중의 삭도를 높이 쳐들었다.

그의 전신이 휘황한 금광을 발하는 가운데, 머리 위로 쳐들린 삭도가 횃불처럼 이글거리고 있었다.

"금광반야공(金光般若功)에 달마십삼도(達磨十三刀)까지……?"

사도진악은 새삼 놀라고 당황했다.

대수롭지 않게 무시하고 있던 종리매의 경지가 그의 상상을 초월한 것이다. 다만 그 바람에 그는 혼란스럽게 뒤엉키던 정신을 별다른 노력 없이 바로잡을 수 있었다.

위기였다.

다른 무엇보다도 목숨을 우선해야 하는 상황이 그의 이성을 냉정하게 만들어 주었다.

"얘기는 많이 들었다."

사도진악은 더 없이 냉정해진 마음으로 말했다.

"반갑긴 한데, 정말 의외로군. 이런 자리에서 만날 줄은 정말 상상도 하지 못한 일이야. 대체 네가 여긴 무슨 일이지? 혹시 너도 황궁을 넘보고 있었다는 건가?"

대화를 나누고 싶은 마음이 있는 게 아니었다.

상황을 보다 더 면밀하게 확인하려고 말을 건네는 것뿐이었다.

그러나 상대, 설무백은 그렇게 해 줄 마음이 전혀 없었다.

"인사는 무슨……!"

설무백은 픽, 웃으며 무감동한 목소리로 잘라 말했다.

"우리가 안부를 주고받을 정도로 가까운 사이는 아니잖아? 서로 누군지 알았으면 됐으니까 그냥 본론으로 들어가자고."

말을 끝낸 설무백의 손에 거짓말처럼 나타난 검이 들렸다.

환검 백아였다.

그의 낯빛이 거무튀튀하게 변하고, 불빛을 받아서 빛나는 맑은 수정처럼 투명하게 변한 그의 눈동자에서 안광이 강하게 새어 나온 것도 그와 동시였다.

흉흉한 모습, 살기 넘친 안광이었다.

지금 그는 진심으로 사도진악을 대하고 있는 것이다.

사도진악이 그것을 느끼며 입을 닫고 바라보다가 도무지 모르겠다는 표정을 지으며 불쑥 물었다.

"대체 내게 왜 이러는 거지? 우린 서로 은원을 맺을 만한 교류도 없지 않았나?"

설무백은 웃었다. 비웃음이었다.

"애들처럼 왜 이래? 어설픈 기만은 그만둬. 서로 얼굴만 부딪치지 않았을 뿐이지 뒤에서 노리고 또 노린 사이잖아."

"……!"

"그러니까 조심조심 신중하게 행동했어야지. 난 여태까지 당신 죽일 마음 없었어. 적어도 마교가 중원을 노리는 동안에는 말이야. 당신 정도라면 자기 욕심을 채우기 위해서라도 어느 정도는 마교의 장애물이 될 수 있을 거라고 생각했거든. 근데, 이게 뭐야? 이렇게 선을 넘어 버리면 나보고 어쩌라고?"

정말로 어린 아이를 타이르는 듯한 말투였지만, 그의 눈빛에서 뿜어지는 기세는 결코 장난이 아니었다.

사도진악은 설무백의 눈빛에서 아니, 전신에서 뿜어져 나와 자신의 어깨를 무겁게 짓누르는 그 기세에 절로 털을 곤두세운 고양이처럼 긴장했다.

분명 살기라는 느낌은 들지 않는데, 이상하리만치 과중한 압력이 답답할 정도로 그의 심신을 억누르고 있었다.

그는 본능처럼 칼자루에 손을 가져가며 물었다.

"그래서 지금 날 죽이겠다?"

설무백은 대수롭지 않게 인정했다.

"가능하다면 그럴 생각이야. 나는 이제 당신이 또 어떤 내가 예상하지 못한 일을 할까 봐 서서히 걱정되기 시작했거든. 그런 불안 요소는 미리 제거하는 게 좋지."

사도진악이 싸늘한 냉소를 날렸다.

"마치 내 목숨을 손에 쥐고 있는 것처럼 말하는군. 나를 알고 있다면 내가 그리 호락호락한 사람이 아니라는 것도 잘 알 텐데 말이야."

"알아. 그래서 내친김에 처치하려는 거야."

설무백은 바로 수긍하며 대답했다. 그리고 조금도 망설이지 않고 수중의 검을 휘둘렀다.

쐐액-!

순간적으로 휘둘러진 검극이 사도진악의 가슴을 훑었다.

"헉!"

사도진악은 가슴에서 선뜻한 아픔을 느끼며 뒤로 물러났다.

분명 휘두르는 것을 보고 반응했는데, 이미 늦었다.

휘둘러지는 검극이 조금도 눈에 보이지 않아서 막을 생각을 하지 못하고 피하려 했는데, 피하지 못한 것이다.

정말이지 상상을 초월한 속도였다.

와중에도 그는 연이은 공격에 대비해서 거듭 물러났다.

그러나 설무백의 공격은 이어지지 않았다.

그는 제자리에 서서 다급히 물러나는 사도진악을 물끄러미 바라보며 말했다.

"그 칼은 장식인가? 아무리 봐도 마교와 손잡은 대가로 마도의 도법을 얻은 것 같은데, 어디 한번 구경이라도 시켜 주지?"

사도진악은 지레 겁먹고 물러난 자신의 태도가 너무 수치스러워서 절로 얼굴이 붉어졌다.

곁을 지키고 있던 지사인마저도 어리둥절해하는 기색으로 그를 바라보고 있어서 더욱 그랬다.

워낙 다급한 나머지 그는 자신의 곁에 지사인이 있었다는 것조차 망각해 버렸던 것이다.

그러나 그는 그에 대한 어떠한 감정도 드러낼 기회가 없었다.

취릭-!

설무백의 검이 움직이고 있었다.

사도진악은 재빨리 반응해서 움직였다.

본능적으로 수중의 칼로 가슴을 보호하면서였다.

과연 그 순간 어느새 다가온 설무백의 검극이 그의 가슴에서부터 외쪽 어깨로 이어지는 선을 따라 훑고 지나갔다.

좌악-!

피가 뿌려졌다.

고통은 느껴지지 않았다.

곧바로 이어지는 설무백의 공격이 그에게 고통을 느낄 여유도 주지 않았다.

사도진악은 연신 뒷걸음질 했다.

방어와 회피를 위해서 사력을 다한 물러섬이었으나, 설무백의 검극은 이미 그의 가슴과 허리, 다시 허리와 가슴을 오가며 연달아 피를 뿌렸다.

취릭! 좌악-!

설무백의 검극은 정말이지 자유자재로 움직이며 연신 물러나는 사도진악을 베고, 찌르고, 때렸다.

사도진악은 분하고 원통하게도 설무백의 검극을 단 한 번도 제대로 막아 내지 못하고 피하는 것에만 급급할 따름이었는데,

막상 제대로 피하지도 못하고 있었다.

이건 정말 그의 평생 단 한 번도 경험해 보지 못한 절정의 쾌검이었다.

막는 것은 고사하고 움직임조차 제대로 볼 수가 없는 것이다.

뒤늦게 그는 소리쳤다.

"놈을 막아라!"

부지불식간에 소리친 사도진악은 다시금 수치심을 느끼며 얼굴을 붉혔다.

죽이라는 것도 아니고 막으라니, 이건 정말 설무백은 자신이 감당하지 못할 상대라는 것을 대놓고 시인하는 꼴이 아닌가 말이다.

그러나 그는 수치심마저도 길게 느낄 여유가 없었다.

쾅-!

거친 폭음이 터지더니, 설무백을 덮쳐 가던 지사인이 가랑잎처럼 저 멀리 날아갔다.

대체 어떻게 그렇게 되었는지는 몰라도 날아가는 지사인의 가슴은 깊이 눌려서 일그러져 있었고, 머리는 정상이라면 도저히 그럴 수 없는 방향으로 꺾여서 덜렁거렸다.

그리고 그런 지사인을 그림자처럼 따라붙는 붉은 기운이 있었다. 사람의 형상으로 뭉친 붉은 안개였다.

아마도 사람의 형태인 그 붉은 안개가 바로 그 짧은 시간에 지사인을 격퇴한 것일 텐데, 형태를 떠나서 워낙 빠른 까닭에 제대로 모습을 식별하긴 어려우나 가없는 사기와 마기로 똘똘 뭉친 사람이었다.

사도진악은 절로 부르짖었다.

"혈무사환공!"

그랬다.

붉은 그림자는 누군가 과거 지옥혈제 혹은 지옥대제라 불리던 혈교주의 삼대마공 중 하나인 혈무사환공을 펼친 모습이었다.

'그것도 극성의 경지다!'

사실이었다.

사도진악은 아직 모르고 있으나, 바로 붉은 그림자의 정체는 바로 혈뇌사야였다.

사도진악은 전율했다.

일방적으로 밀리면서도 전혀 느끼지 않았던 공포가 느껴졌다.

모종의 이유로 그는 다른 누구보다도 혈무사환공의 위력을 절실하게 알고 있기 때문에 그럴 수밖에 없었다.

아니, 그게 아니더라도 그는 아직 사혼강시인 지사인을 일격에 격퇴시킬 수 있는 고수를 한 명도 보지 못했다.

솔직히 말해서 그 자신도 비장의 일수를 꺼내지 않는다면 사혼강시를 일격에 격퇴시킬 수 없었다.

그런데 지금 그의 눈앞에서 그런 사태가 벌어진 것이다.

'피해야 한다!'

사도진악의 뇌리에서 요란한 경종이 울렸다.

일방적으로 밀리는 와중에도 그가 공포 따위를 느끼지 않은 것은 그 자신에게 비장의 한 수가 있었기 때문이다.

얼마든지 전세를 역전시킬 수 있는 자신감을 가지고 전력을 다해서 틈을 엿보고 있었던 것이다.

하지만 지금 이 순간 그와 같은 전의가 물로 씻은 듯이 그의 뇌리에서 사라져 버렸다.

본능이라면 본능이었고, 직감이라면 직감이었다.

지금 이 순간 그의 뇌리에는 그 어떤 비장의 수법을 동원해도 설무백을 당해 낼 수 없다는 단정이 내려졌다.

이유는 모르겠으나, 지금 이 자리에서 설무백을 상대하는 것은 독이라는 예감이 아니, 예감을 앞서는 직감이 그의 뇌리를 지배했다.

'이 자리를 벗어나야 한다!'

사도진악은 자신도 이해할 수 없는 공포 속에서 그 직감에 따라 행동했다.

사력을 다해서 지상을 박차고 하늘 높이 날아올랐다.

도주였다.

"도망이라, 나쁜 선택은 아니네. 근데, 좋은 선택도 아닐 걸 아마?"

뒤에서 설무백의 비아냥거림이 들려왔다.

사도진악은 그에 아랑곳하지 않고 사력을 다해서 신형을 날렸다.

그런 그의 등에 메마른 타격음이 작렬했다.

빠-!

사도진악은 주체하기 어려운 격통을 느끼며 절로 피를 토했다. 하지만 멈추지 않았다.

오히려 필사적으로 속도를 냈다.

제자와 수하들을 내팽개치고 도망치는 것이었지만, 그에게 그에 대한 부끄러움은 전혀 없었다.

이유 여하를 막론하고 실력이 부족해서 지는 것과, 살기 위해서 도망치는 것은 잘못이 아니다.

무엇보다도 도망치는 것은 항복하는 것이 아니므로 괜찮았다.

지금 그는 반격을 하기 위해서 도주하는 것이고, 그건 이기기 위한 준비이며 싸움의 연장선임으로 창피할 것도, 수치스러울 것도 없다는 것이 그의 생각이었다.

다만 당연하고 괜찮다고 해서 화가 나지 않는 것은 아니었다.

'두고 보자, 이놈!'

사도진악은 이를 갈았다.

피눈물만 흘리지 않고 있을 뿐이지, 이 순간 그는 분하고 원

통한 마음에 전신을 떨고 있었다.

그러나 그러는 와중에도 그는 여전히 필사적으로 내달렸다.

검푸른 대지가 흐릿한 그림자로 변해서 그의 발아래를 빠르게 스치고 지나갔다.

삽시간에 그의 신형은 사백여 장의 거리를 바람처럼 사르며 이동하고 있었다.

그런데 그때 눈으로 보면서도 믿을 수 없는 사태가 발생했다.

바람보다도 빠르게 달려가는 그의 전면에 웃는 낯으로 쳐다보는 설무백이 서 있었다.

"헉!"

사도진악은 기겁하며 멈추었다.

그러면서도 자신의 눈을 의심하며 소매로 눈을 비볐다.

그러나 엄연한 현실이었다.

설무백의 모습은 사라지지 않았고, 오히려 목소리가 들려왔다.

"내가 좋은 선택도 아니라고 했지?"

불시에 시작된 전황(戰況)에 또다시 예상치 못한 변화가 일어난 것은 바로 그 순간, 설무백이 도주하는 사도진악을 따라잡고 이내 추월해서 앞을 가로막았을 때였다.

황제는 뒤로 물러나 있었고, 그 주변에는 과거 천군의 칠공신 중에서도 사대호신위에 속하는 인물이었으나, 지금은 도찰원의 어사로 변모한 두 사람, 맹사와 사곡, 그리고 동창의 내외 람첩형인 당소기와 곽승을 비롯한 동창의 요인 이십여 명이 철통같은 경계를 펴고 있었다.

역천강시인 사군과 야효의 개입으로 사도진악을 놓친 공손벽이 사군과 야효가 예사롭지 않은 요물임을 간파하며 즉시 황제의 경호를 강화하도록 모두에게 경고해 준 결과였다.

그때 다른 무엇보다도 황제의 안위를 우선한 공손벽의 반응이 매우 옳았음을 증명하는 사태가 벌어졌다.

공손벽이 사군과 야효를 상대로 격전을 벌이는 중이었고, 종리매가 천사인을 상대로 혈투를 벌이는 가운데, 조위문를 비롯한 동창과 금의위의 위사들이 사도진악의 후퇴 명령을 듣고도 미처 자리를 빠져나가지 못한 독심광의와 마천휘, 흑룡 등을 상대로 접전을 벌이는 장내를 섬광처럼 직선으로 가로질러서 황제를 노리는 기운이 있었다.

"막아라!"

곽승이 다급히 소리치며 그 자신이 먼저 나서서 육탄으로 방어했다.

퍽-!

둔탁한 소음이 터졌다.

그리 크지 않은 타격음이었으나, 그것이 만든 결과는 참혹했다.

"크으……!"

곽승이 억눌린 신음을 흘리며 저 멀리 날아갔다.

가랑잎처럼 속절없이 날아가는 그의 몸은 이미 핏물에 젖었고, 거기서 뿌려지는 핏물이 허공에 뿌려지고 있었다.

그야말로 칠공에서 피를 뿌리며 날아가는 참혹한 광경이었다.

다만 그런 곽승의 살신성인(殺身成仁)으로 인해 황제는 살신지화(殺身之禍)를 면했다.

곽승이 육탄으로 막지 않았다면 그처럼 강맹한 기운이 고스란히 황제를 강타했을 것이기 때문이다.

그러나 황제에 대한 위협은 그것으로 다 끝난 것이 아니었다.

"아깝다."

아쉬움을 토로하는 짧은 뇌까림과 함께 곽승이 튕겨 나간 바로 그 자리에 녹색의 당건으로 흐드러진 백발을 단속한 녹포괴인 하나가 홀연히 나타나서 손을 털고 있었다.

곽승이 육탄으로 막아 낸 기세, 순식간에 오십여 장의 공간을 사르며 날아온 기운은 기공에 기인한 장력 따위가 아니라 바로 그 녹포괴인의 손바닥, 장심이었던 것이다.

"어서 폐하를 안으로 모셔라!"

대외적으로는 도찰원의 어사지만 실제는 천군의 사대오신위 중 두 사람인 맹사와 사곡이 다급히 외치며 앞으로 나섰다.

당소기가 그들과 동시에 나서려다가 재빨리 물러나며 황제의 소매를 잡으며 재촉했다.

"물러나시지요, 폐하!"

황제가 슬쩍 당소기의 손길을 뿌리쳤다.

"아니, 구경 좀 하지."

"폐, 폐하……!"

당소기가 당황하며 안절부절못했으나, 황제는 요지부동, 긴 소매를 뒤로 넘기며 태연하게 뒷짐을 졌다.

맹사와 사곡을 마주한 녹포괴인이 슬쩍 그 모습을 보며 웃었다.

"명색이 황제라 이건가?"

눈매가 가늘어서 그냥 가만히 있어도 냉정하게 보이는 사곡이 대번에 두 눈을 치켜뜨며 수중의 칼을 휘둘렀다.

반백의 머리에 서글서글한 낙척문사처럼 수더분하게 생긴 맹사도 그에 뒤질세라 도끼눈을 뜨며 수중의 검을 길게 찔렀다.

와중에 한마디씩 하면서였다.

"한눈을 팔다니, 내가 물로 보이냐?"

"내 말이! 천산(天山)에 사는 놈이 뭐 주워 먹을 것이 있다고 여기까지 와서 그 지랄이냐!"

"……!"

녹포괴인의 안색이 변했다.

순간적으로 훌쩍 뒤로 물러나서 사곡의 칼과 맹사의 검극을 피해 낸 그가 묘하게 일그러진 표정으로 그들을 바라보았다.

"이상한 놈들이 다 있군. 이 옷은 실로 오래전에 사라진 천산의 제복인데, 이걸 알아보다니, 너희들은 대체 누구냐?"

사곡이 수중의 칼을 어깨에 걸치며 비아냥거렸다.

"자존심은 있어서 에둘러 말하고 자빠졌네. 오래전에 사라지긴 뭘 사라져? 너희들이 중원 침공에 실패하고 나서 창피하다고 다 태워 버린 거잖아?"

"그러게 말이야."

기다렸다는 듯이 맞장구를 친 맹사는 이내 그보다 더 예리한 부분을 지적했다.

"그건 그렇고, 가슴에 수놓은 일월(日月)의 표식이 붉은 색인 것을 보니, 천산적가의 후예인가 보구나. 너희들은 아직도 그 헛된 망상을 버리지 못하고 여태 지랄병이냐?"

녹포괴인의 얼굴에 푸른빛이 감돌았다.

심중의 분노가 용암처럼 비등한 모습인데, 정작 그는 화를 내는 대신에 음충맞게 웃었다.

"흐흐, 재밌는 녀석들이네. 너무 시시하게 끝날 것 같아서 아쉬웠는데, 다행이야. 그래, 노부는 천산적가의 후예인 천산금마 단이자이다. 어디 한번 이 노부의 지랄병을 견뎌 보거라. 흐흐흐……!"

사곡과 맹사의 안색이 변했다.

천산금마 단이자라면 천산파의 대장로이기 이전에 무림십대

고수에 속하는 무림사마의 하나였다.

실로 그들이 예기치 못한 거물인 것인데, 와중에 비등하는 살기가 그들의 경각심을 더욱 부추기고 있었다.

그때 그들의 뒤에서 누군가 불쑥 물었다.

"너무 시시하게 끝날 것 같았다는 게 혹시 짐의 목숨을 두고 하는 말인가?"

황제였다.

녹포괴인, 천산금마 단이자가 흥미롭다는 표정으로 바라보며 웃다.

"확실히 보통 간덩이는 아니로군."

그는 이내 어깨를 으쓱하며 다시 말했다.

"아무려나, 이런 마당에 감추고 자시고 할 것도 없지. 그래, 그렇다. 사도진악이야 무슨 생각을 했는지는 모르겠지만, 우리 생각은 그랬어. 협상이 결렬되면 가차 없이 황제의 목숨을 끊어 놓는 것이 우리의 결정이었다."

그는 피식 웃으며 말을 끝맺었다.

"그러면 언제고 누군가 다시 황위에 오를 테고, 우리는 그와 다시 협상하는 거지. 거절하는 자를 설득하는 것보다 새로운 자와 협상하는 게 더 유리하잖아."

황제가 무슨 말인지 충분히 이해했다는 듯이 고개를 끄덕였다. 그리고 웃는 낯으로 말했다.

"실수를 했군."

"누가?"

단이자가 어리둥절해했다.

"내가?"

황제가 웃는 낯으로 손가락을 들어서 단이자를 콕 찍으며 말했다.

"물론 당신이지. 우리네 정치가들에게 자객을 부려서 적장을 노리는 이런 식의 싸움은 금기라네. 하지 못해서 하지 않는 것이 아니라 하면 안 돼서 하지 않는 거야. 그건 대의에서 벗어나는 일일 뿐만 아니라, 상대에게 명분을 제공하는 악수이기 때문이지."

단이자가 주름진 눈가를 일그러뜨리며 웃었다.

"싸움에서 명분을 따진다고? 당신 지금 나와 농담해?"

황제가 감히 당신이라는 말을 듣고도 화를 내기는커녕 오히려 거듭 웃으며 대답했다.

"농담으로 들리나? 하긴, 그러니 당신은 일개 야인에 머무는 것이겠지. 아무려나, 이제 당신으로 말미암아 오늘 이 순간부터 몽고족을 통일한 타타르족의 칸 아르게이는 두 발을 편히 뻗고 잠들 수 없을 게야. 시도 때도 없이 자객이 노릴 테니까. 그게 당신이 오늘 이 자리에서 짐에게 준 명분이라네."

단이자가 황당하다 못해 기가 차다는 표정으로 새삼 웃으며 황제를 손가락질했다.

"명분이고 자시고 간에, 그렇게 하려면 우선 이 자리에서 살아남아야겠지요, 폐하?"

황제가 어깨를 으쓱이며 대꾸했다.

"짐이 여기서 죽는다면 그게 짐의 운명이겠지. 짐은 언제 어디서든 운명을 받아들일 마음의 준비가 되었으니, 그대는 그런 걱정 말고 그대 걱정이나 하는 게 좋겠네."

단이자가 이맛살을 찌푸리며 웃었다.

황제의 같잖은 언행이 눈에 거슬려서 불쾌하다는 표정이었다.

그때 그의 뒤에서 벼락이 쳤다.

꽈릉—!

단이자는 반사적으로 튀어서 공중으로 자리를 옮겼다.

그 순간과 동시에 그가 서 있던 땅바닥에 깊은 고랑이 파였다.

조위문의 뇌정신도가 훑고 지나간 흔적이었다.

흑룡을 상대하던 그가 불시에 방향을 틀어서 그를 노렸던 것이다.

"쳇!"

공중으로 두둥실 떠오른 단이자가 대뜸 혀를 차고는 싫지만 어쩔 수 없다는 표정으로 장내를 등지고 돌아섰다.

앞선 으르렁거림이 무색하게도 그대로 자리를 떠나려는 모습이었다.

"놈!"

"어림없다!"

사곡과 맹사가 반사적으로 솟구치고, 작심하고 펼친 일격으로 단이자를 잡지 못한 조위문도 분노한 모습으로 날아올랐다.

그때 자리를 떠날 것처럼 돌아서던 단이자가 급반전(急反轉)해서 쇄도하는 그들을 뛰어넘으며 수중의 검을 휘둘렀다.

"속았다, 이 쥐새끼들아!"

말은 더 없이 거칠었으나, 그의 검은 조금도 거칠지 않았다.

새하얀 검신의 끝, 백색의 검기로 일렁이는 검극이 달빛을 사르는 한줄기 바람처럼 부드러우면서도 매끄럽게 공간을 갈랐다.

이른바 검기성강으로 달빛을 가르는 경지였다.

돌아선 순간에 단이자의 신형은 이미 황제의 면전으로 육박하는 지경으로 빨랐고, 검극에서 일렁이는 푸른 광망은, 바로 검기를 넘어선 검강은 다섯 치나 길게 뻗어지고 있어서 무공에 무지한 황제는 둘째 치고, 곁에 있던 그 누구도 미처 반응하지 못하고 있었다.

"아……!"

황제의 안색이 차갑게 굳어지고, 모두가 이제는 끝장이라는 듯 파랗게 질려 버리는 그 순간, 다시금 장내의 그 누구도 예상하지 못한 이변이 생겨났다.

"결국 내가 나서야 하는군!"

짧은 탄식과 함께 황제의 그림자 속에서 튀어나온 희뿌연 그림자가 황제를 등지며 찰나지간 쇄도하는 단이자의 검격을 막았다.

꽝—!

벽력이 치고 뇌성이 울었다.

장내가 우렁우렁 우는 가운데, 대지가 지진을 만난 것처럼 흔들렸다.

와중에 황제를 비롯한 주변인들이 격돌의 여파로 일어난 엄청난 경기의 회오리에 주룩 뒤로 밀려 나갔고, 격돌의 중심인 바닥에는 깊은 웅덩이가 파였다.

격돌의 당사자인 단이자는 십여 장이나 튕겨 나가서 간신히 허공에 멈추며 울컥 피를 토해 내고 있었다.

실로 예기치 못한 반격에 엄청난 내상을 입은 것이다.

그리고 그를 그렇게 만든 상대, 황제의 그림자에서 빠져나온 희뿌연 그림자의 주인, 바로 요미도 무사하지는 않았다.

무림 십대 흉기의 하나인 혈마비를 한 손에 움켜쥐고 있는 그녀의 두 발은 발목까지 땅바닥에 박힌 상태였고, 산발로 헝클어진 머리카락 사이로 드러난 그녀의 입가로는 한줄기 선홍빛 핏물이 흘러내렸다.

그녀 역시 단이자와 마찬가지로 상당한 내상을 입은 것이다.

그러나 누가 뭐래도 더 한 충격을 받은 것은 바로 단이자였다.

그는 입가에 묻은 피를 닦을 생각도 하지 못한 채 경악과 불신에 찬 눈빛으로 지상의 요미를 바라보며 부르짖었다.

"수라구류도!"

설무백은 크게 당황하는 기색으로 눈동자를 굴리는 사도진악을 주시하며 묵묵히 다가가다가 폭음을 들었다.

하늘이 울고, 대지가 흔들리는 엄청난 폭음이었다.

"……!"

설무백은 폭음이 들려온 방향이 황제의 위치와 동일하다는 점을 인지하며 적잖게 마음이 흔들렸다.

이 정도의 격돌은 그의 예상이 없었다.

그럴 수 있다고 판단되는 사람이 있기는 했으나, 그 사람은 지금 그의 면전에 있었다.

오직 사도진악만이 지금 일어난 격돌을 일으킬 수 있다는 것이 그의 판단인 것이다.

사실이 그렇다면 답은 하나였다.

누군가 사도진악에 준하는 제삼의 인물이 있다는 뜻이었다.

'혹시……?'

설무백은 불현듯 뇌리를 스치는 무언가가 있었다.

그러다가 문득 두 눈을 빛냈다.

아무래도 그의 짐작이 맞는 것 같았다.

어디선가 범상치 않은 기운이 느껴지는 기척이 느껴진다 싶더니, 이내 녹포괴인 하나가 땅에서 솟은 듯 유령처럼 홀연한 모습으로 사도진악의 뒤에 나타나서 말했다.

"도와드릴까요?"

패도난마快刀亂麻 (2)

초탈한 노승처럼도, 도관의 굴레를 벗어난 도사처럼도 보이는 계피학발(鷄皮鶴髮)노인이었다.

주름이 가득한 얼굴에 늙어 꼬부라진 작은 육신을 투박한 지팡이로 지탱하고 있는 모습이라 시골 뒷방에서 골골거리고 있는 게 더 어울려 보이는 추레한 느낌이나, 감은 듯 감지 않고 가늘게 연 눈가에서 번뜩이는 기운이 실로 범상치 않았다.

사도진악에게 다가서던 설무백이 절로 발길을 멈춘 것은 바로 그 때문이었다.

설무백은 그간 자신의 뇌리에 박힌 전생의 기억에 등장하지 않은 수많은 사람을 만났지만, 지금 나타난 이 노인만큼 강렬한 느낌을 주는 인물은 실로 거의 없었다.

고작해야 철각사나 혈뇌사야 정도가 다였다.

이건 지금 그의 눈앞에 홀연히 나타난 녹포괴인이 그들에 버금가는 고수라는 뜻일지도 모른다.

설무백은 그런 생각을 하다가 녹포괴인의 이마에 두른 당건도 녹색이라는 것을 깨달았고, 낡은 도포 자락 같은 녹포의 가슴 한쪽에 수놓아진 문양이 해와 달이 교차하는 모양이라는 것을 인지했다.

'해 앞으로 떠오른 달!'

바로 천산파의 상징하는 문양이었다.

순간, 설무백은 앞서 들은 사도진악의 말과 기존에 자신이 가지고 있던 기억이 어지럽게 뒤섞이다가 스르르 하나로 귀결되었다.

"천산노조(天山老祖) 악지산……?"

느낌이 그랬다.

전대 천산파의 장문인이며, 천산제일인으로 불리는 천산노조 악지산만이 줄 수 있는 느낌이 그의 뇌리에 떠올랐다.

정확한 느낌이었다.

사도진악의 대답을 기다리던 녹포괴인이 바로 반응했다.

신기하다는 표정으로 그를 바라보며 미소를 흘렸다.

"천산노조라…… 정말 오랜만에 들어 보는 이름이군. 워낙 오래전의 일이라 중원에는 기억하는 사람이 없을 거라고 생각했는데 말이야."

인정이었다.

녹포괴인은 실로 천산제일인으로 불리는 천산노조 악지산인 것이다.

"나이도 어린 중원의 사내가 어떻게 나를 알지?"

악지산이 미묘하게 일그러진 눈가로 설무백을 훑어보았다.

나름대로는 웃는 것 같았는데 그저 음산하게만 느껴지는 얼굴이었다.

그러나 설무백은 그런 감정은 안중에도 없었다.

음산하기로만 따지면 혈뇌사야가 그보다 더했고, 무엇보다도 지금의 그는 그런 걸 따질 계제가 아니었다.

지금 그의 신경은 온통 황제의 안위에 쏠려 있었다.

만일의 사태를 대비해서 요미와 혈뇌사야를 놔두고 오긴 했으나, 악지산이 나타난 이상 무슨 일이 벌어질지 몰랐다.

하물며 방금 전의 폭음은 요미나 혈뇌사야와 버금가는 고수가 있다는 방증이었기에 못내 조바심이 들었다.

절로 이맛살을 찌푸려진 그는 대답 대신 물었다.

"지금 저쪽의 소란도 당신의 짓인가?"

악지산이 의미심장하게 웃으며 고개를 끄덕였다.

"그렇다고 볼 수 있지. 왜? 황제가 걱정되나?"

설무백은 이번에도 대답하지 않았다.

대신 순간적으로 날아올라서 무슨 생각인지 모르게 우두커니 서 있는 사도진악의 머리를 타고 넘어갔다.

그사이 그의 손에 들려서 휘둘러진 환검 백아가 공중에서 수직으로 사도진악의 머리를 향해 꽂혀 내려갔다.

"헉!"

사도진악이 기겁하며 옆으로 굴렀다.

생각하고 움직인 것이 아니라 누가 눈앞에서 손을 쳐들면 반사적으로 손이 들리듯 저절로 움직인 회피였는데, 그에 입장에선 천만다행이게도 그게 통했다.

스윽―!

선뜻한 소음과 함께 사도진악의 어깨에서 피가 튀었다.

그는 분명 피했다고 생각했는데, 실제로 검극와의 거리가 다섯 치 이상 떨어져 있었으나, 어깨를 베인 것이다.

한순간 검극이 늘어난 것 같았다.

검기가 유형으로 변한 모습, 바로 검강이었다.

그러나 매우 얕았고, 무엇보다도 설무백이 노린 것은 그의 어깨가 아니라 머리였다.

순간적으로 그것을 느낀 설무백은 아쉬움에 이맛살을 찌푸렸다. 그러면서도 다음 행동을 망설이거나 멈추지 않았다.

번쩍―!

한순간 눈부신 섬광이 명멸했다.

환검 백아를 휘두르는 순간에 뻗어진 설무백의 좌수에서 일어난 섬광이었다.

정확히는 그가 사도진악의 머리를 타고 넘는 순간에 반응해서 쇄도하는 악지산을 향해 뻗어진 한줄기 빛이었다.

"……!"

사도진악을 도우려고 설무백을 노리던 악지산이 뻗어 내던 검극을 다급하게 회수해서 검막을 펼쳤다.

꽝-!

벽력과도 같은 폭음이 터졌다.

설무백의 손에서 뻗어 나간 빛줄기가 악지산이 펼친 검막을 때리며 일어난 폭음이었다.

그 순간에 설무백의 손에서 쏘아진 빛줄기가 단순한 빛줄기가 아니라는 사실이 드러났다.

빛줄기의 실체는 창이었다.

거무튀튀한 창대를 타고 검은 안개처럼 일렁이는 양날 창, 흑린이 한쪽 서슬을 악지산이 펼친 검막에 꽂은 채로 모습을 드러냈다.

"이기어창!"

악지산이 주룩 뒤로 밀리는 와중에 경악과 불신에 찬 목소리로 부르짖었다.

설무백은 거기에 아랑곳하지 않고 재차 손을 쓰려고 내공을 끌어 올렸다.

악지산이 그의 어창술을 막아 냈다는 사실이 조금 의외이긴 했으나, 놀라지는 않았다.

그냥 그럴 수 있다고 생각했다.

다만 자리를 떠나기 전에 사도진악의 머리를 쪼개지 못한 것은 매우 애석한 일이라 도저히 그냥 떠날 수가 없었다.

"가라!"

설무백의 대갈일성과 함께 악지산이 펼친 검막에 꽂혀 있던 흑린이 허공으로 치솟으며 반원을 그렸다.

두 발로 땅바닥에 깊은 고랑을 만들며 밀려 나던 악지산과 말똥구리처럼 데굴데굴 바닥을 구르고 나서 일어나는 사도진악을 잇는 반원이었다.

휘이이이익—!

눈부신 섬광이 명멸하는 가운데, 거대한 아름드리나무가 통째로 휘둘러지는 듯한 파공음이 밤하늘을 가로질렀다.

사도진악을 향해 유성이 떨어지는 것처럼 보였다.

오직 설무백만이 볼 수 있는 광경이었다.

지금 그는 그만의 시간 속에서 움직이고 있는 것이다.

그런데 놀랍게도 사도진악이 그만의 시간 속으로 들어왔다.

"이익!"

사도진악이 악에 받친 기함을 내지르며 수중의 칼을 휘둘렀다.

순간, 천지를 뒤집어엎는 가공할 위력의 초식이 발휘되었다.

그의 칼이 냉광을 서릿발처럼 뿌려 내며 허공을 맹렬히 갈랐다.

단 한 동작처럼 보였지만 눈으로 헤아릴 수 없이 무수한 칼

그림자가 만들어졌고, 그 중앙에는 검기가 뭉쳐서 눈부신 빛의 기둥으로 굵게 뿜어져 올라갔다.

엄청난 도강(刀罡)의 발현이었다.

꽈광—!

엄청난 폭음 아래 천지가 개벽했다.

장내의 공기가 무섭게 흔들리고, 뭉텅이로 뒤집어진 땅거죽이 하늘 높이 치솟았다.

방원 십여 장에 달하는 주변이 초토화되었다.

희뿌옇게 흩날리는 흙먼지 사이로 억눌린 신음 하나가 흘렀다.

"크으으……!"

사도진악의 신음이었다.

방금 전 엄청난 신위를 발휘한 모습이 무색하게도 그의 상태는 엉망이었다.

헝클어진 머리, 너덜너덜하게 변한 모습으로 변해서 피를 흘리고 있었다.

설무백의 이기어창을 막아 내긴 했으나, 완벽하게 막아 내진 못한 까닭에 막대한 내상을 입고 격돌의 여파로 생긴 깊은 웅덩이 속에 처박혀 버린 것이다.

그에 반해 설무백은 본래의 그 자리인 허공에 두둥실 뜬 채로 별다른 변화가 없었다.

약간 뒤로 밀리기도 했고, 적잖은 기력을 소진한 듯 창백한 낯빛과 격돌의 여파로 조각나서 비산한 강기가 스쳐서 여기저기 옷깃이 찢긴 모습이긴 했지만, 상대적으로 상처를 입은 모습이 전혀 아니었다.

그건 실로 상식적이지 않은 모습이요, 상황이었다.

이기어창이 제아무리 극강의 무공이라고는 하나, 방금 전에 그가 드러낸 도강도 그에 못지않은 절대의 무공이고, 경지였다.

상식적으로라면 격돌의 여파로 타격을 입는다면 두 사람 다 타격을 입어야지 지금처럼 누구 한 사람만 타격을 입었다는 것은 정말 상식에서 벗어난 일이었다.

사도진악도 그렇게 생각하는 것 같았다.

깊은 웅덩이 속에 하반신이 박혀 있는 그는 지금 자신의 모습이 어떤 지경인지 확인할 생각도 하지 못한 채 경악과 불신에 찬 눈빛으로 허공에 떠 있는 설무백만 바라보고 있었다.

"……왜? 어떻게 이런 일이……? 쿨럭……!"

사도진악은 말을 제대로 끝맺지도 못하고 밭은기침을 했다.

기침에 피가 섞여 나왔다.

한 방울 한 방울이 일 년의 공력과 맘먹는 선홍색으로 투명한 피였다.

설무백은 그런 사도진악의 모습에 아랑곳없이 측면 한쪽으로 손을 내밀고 있었다.

그 손에서 소리 없이 급부상한 무지막지한 경력이 쏘아졌다.

무극신화장이었다.

"……!"

천지가 개벽하는 격돌에 당황하는 바람에 뒤늦게 정신을 차리고 설무백을 노리려던 악지산이 그대로 멈추었다.

아무런 기세도, 기척도 없었지만, 그는 틀림없이 무언가 거센 기운이 다가오고 있다는 느낌을 받으며 반사적으로 쌍장을 내밀었다.

펑—!

팽팽하게 조여진 가죽 북이 터져 나가는 듯한 굉음이 터졌다.

앞으로 내밀어진 악지산의 쌍장에서 작렬한 굉음이었다.

엄청난 반탄력이 일어났다.

악지산은 서너 장이나 날아가서 바닥을 뒹굴었다.

설무백은 창백해서 더욱 싸늘해진 안색으로 그런 악지산을 향해 손을 뻗어 냈다.

정확히는 손가락이었다.

그의 손가락에서 강하게 압축된 강기가 연속해서 쏘아졌다.

무극신화지였다.

"……!"

바닥을 구르던 악지산이 더욱 빠르게 굴러갔다.

그대로 일어날 수 없다는 위기감을 느끼며 스스로 더욱 빠르게 몸을 굴리는 것이다.

파바바바바박—!

설무백이 쏘아 낸 무극신화지가 간발의 차이로 악지산이 굴러간 바닥을 때렸다.

깊게 파이는 구멍이 굴러가는 악지산을 따라가며 직선으로 이어져 나갔다.

빠르게 구르던 악지산이 한순간 메뚜기처럼 튀어 올랐다가 떨어지며 다시금 콩처럼 튀어서 자리를 바꾸었다.

설무백의 지공을 피하려는 방편이었는데, 그렇듯 어렵게 자세를 바로잡은 그의 면전으로 무지막지한 기운이 날아들었다.

무극신화지를 거둔 설무백이 날린 장력, 무극신화장이었다.

"익!"

악지산이 발작적으로 발검해서 쇄도하는 무극신화장을 베었다.

꽝-!

요란한 폭음이 터지고, 검을 휘두른 악지산이 넝마처럼 너덜너덜해진 모습으로 서너 장이나 주룩 밀려 나갔다.

"으……!"

이를 악물었음에도 절로 신음을 흘린 악지산이 황당한 표정과 눈빛으로 설무백을 바라보았다.

현실을 부정하는 표정이요, 눈빛이었다.

설무백은 그러거나 말거나 무심한 눈빛으로 악지산을 지그시 바라보며 측면으로 한 손을 내밀었다.

순간, 한줄기 섬광이 그가 내민 손으로 날아와서 안착했다.

검은 불꽃처럼 이글거리는 양날 창, 흑린이었다.

앞서 사도진악이 펼친 지옥참마도와 격돌하고 그 여파로 저 멀리 날아갔던 흑린이 허공을 선회해서 그의 품으로 돌아온 것이다.

악지산을 밀어붙인 설무백의 공격은 그만큼 찰나지간에 이루어진 행위였던 것이다.

"이기어술을 같이 펼치고 있었다고……?"

악지산이 두 눈을 부릅뜨며 경악했다.

그도 그럴 것이, 방금 그를 공격한 지공과 장력은 그가 혼신의 공력을 다해서 피하고 막아야 했을 정도로 절대극강의 것이었다.

그런데 그사이에 이기어술이 같이 펼쳐지고 있었다는 것은 실로 천하의 그로서도 믿기 어려운 일이었다.

동시에 서로 다른 두 가지 무공을, 그것도 절대극강의 무공을 펼친다는 것은 말로만 듣던 대무당파의 비기인 양의심공으로도 불가능하다는 것이 그의 생각인 것이다.

그러나 설무백의 이기어술은 아직 그친 것이 아니었다.

양날 창 흑린이 설무백의 손에 안착했다고 느낀 것은 악지산의 착각이었다.

쐐애애애액-!

흑린은 설무백의 손에 안착한 것이 아니라 마치 안착할 것처럼 그의 손을 스치며 펄떡이는 잉어처럼 튀며 허공을 돌았다.

흑린의 그 가없이 섬뜩한 한쪽 창극이 악지산에게 향한 것이다.

"헉!"

악지산은 본능적이 알려 주는 반사적으로 수중의 칼을 뽑어내며 휘둘렀다.

이기어술의 속도는 그 어떤 사람의 눈으로도 절대 따라갈 수 없음을 익히 잘 알고 있기에 흑린의 창극이 눈에 보이는 순간 사력을 다해서 검막처럼 도로 펼치는 강기의 방패인 도막(刀膜)을 펼친 것이다.

그래서 그는 살았다.

꽝―!

벽력이 치고 뇌성이 울었다.

악지산이 펼친 도막에 작렬한 벽력이요, 뇌성이었다.

"크으······!"

악지산은 무지막지한 여파를 견디지 못하고 두 발로 깊은 고랑을 만들며 뒤로 주룩 밀려 나갔다.

그가 펼친 도막은 이미 산산이 깨져서 흩어진 상태였다.

도막을 펼친 칼은 부러져서 반 토막으로 변해 있었고, 그는 산발한 머리에 넝마처럼 너덜너덜하게 변한 모습이었다.

그 상태로, 그는 왈칵 한 모금의 피를 토했다.

혼신의 기력을 다한 결과로 간신히 설무백의 이기어창을 막아 내며 목숨을 구하긴 했으나, 막대한 내상을 피할 수는 없었던 것이다.

"……!"

그때 설무백은 천신처럼 허공에 두둥실 뜬 상태로 양날 창 흑린을 손으로 회수하고 있었다.

순간, 그의 모습이 흑백의 조화로 인해 요사스러운 분위기를 연출했다.

왼손에 든 환검 백아의 얼음처럼 투명한 백색의 빛과 오른손에 든 양날 창 흑린의 검은 불꽃처럼 이글거리는 광채가 그의 신형이 반흑반백의 사이한 괴물처럼 보이게 하는 것이다.

실로 처참하게 낭패한 모습으로 서 있던 악지산이 그 모습을 보며 얼음처럼 굳어져 버렸다.

감히 더는 덤벼들 생각조차 하지 못하는 모습이었다.

설무백은 그런 악지산을 냉정하게 외면했다. 그리고 그와 마찬가지로 경악과 충격에 몸서리치고 있는 웅덩이 속의 사도진악에게 시선을 주며 뒤늦은 대답을 건넸다.

"왜냐고? 별거 아냐. 당신이 지옥대제의 지옥참마도(地獄斬魔刀)를 익혔기 때문에 그런 거야."

사도진악은 황당하다 못해 어처구니가 없는 표정이었다.

그럴 수밖에 없는 것이, 설무백이 어떻게 알고 있는지는 몰라도, 조금 전 그가 펼친 도법이 바로 지옥대제의 삼대마공 중 하나인 지옥참마도법인 것은 사실이었다.

하지만 그래서라니?

그가 지옥참마도법을 익혔기 때문에 작금의 결과를 초래한 것이라니?

"대체 그게 무슨 말도 안 되는……!"

사도진악이 자신의 처지도 잊고 어이없어하며 항변했다.

"말이 되는지 안 되는지는 저치에게 물어보고, 지금은 그냥 재수가 좋아서 한 목숨 건진 줄이나 알아!"

설무백은 실로 같잖다는 표정으로 사도진악의 말을 자르며 돌아섰다. 그 순간과 동시에 그는 그 자리에서 사라져서 한순간에 저 멀리 어둠 속으로 파묻히고 있었다.

분하고 아쉽지만 어쩔 수 없는 선택이었다.

지금 그는 한가하게 사도진악과 쓸데없는 잡담이나 나누고 있을 마음이 아니었다.

악지산만이 아니라 사도진악의 실력도 그의 상상을 초월하는 경지였고, 그 때문에 그는 한층 더 황제의 안위가 걱정됐다.

지금 이 자리 자체가 미끼일 수도 있다는 생각이 들어서 매우 초조했다.

악지산을 경계하면서 사도진악을 몰아붙이는 와중에 황제가 있는 방향에서 연달아 무지막지한 폭음이 터졌기 때문에 더욱 그랬다.

시간을 지체할 수 없었다.

악지산이나 사도진악은 지금이 아니라도 마음만 먹으면 얼마든지 다시 잡을 자신이 있지만. 황제가 죽으면 그것으로 끝,

세상은 더 깊은 수렁에 빠지며 파국으로 치달을 터였다.

개인적인 친분은 차지하고, 작금의 세상을 바로잡으려면 황제의 도움이 필요했다.

"젠장!"

사도진악은 설무백이 장내를 떠나기 무섭게 웅덩이를 빠져나왔다. 그리고 너덜너덜해진 자신의 모습을 살필 생각도 하지 않고 악지산을 노려보며 불같이 화를 냈다.

"대체 뭐 하는 거요? 왜 그렇게 도울 생각을 않고 그리 멍청하게 멀뚱거리며 바라만 보고 있었던 거요?"

악지산이 싸늘해진 눈빛으로 사도진악의 시선을 마주했다.

"멍청하게……?"

사도진악은 얼굴을 붉히며 거듭 맹렬하게 반발하려다가 이내 슬며시 입을 다물었다.

불현듯 지금 자신이 누구를 향해 말하고 있는 것인지 깨달은 것이다.

분명 도울 기회가 있었음에도 나서지 않고 그냥 우두커니 서 있던 악지산의 태도에 울컥해서 잠시 상대가 누군지를 잊어버렸다.

상대는 어디로 보나 그가 이렇게 막 대해서는 절대 안 되는 위인이었다.

적어도 지금은 그랬다.

"아, 본인의 말이 너무 심했소! 조금 전에 한 수 거들어 주면 본인도 나서서 함께 놈을 잡을 수 있었다는 생각 때문에 너무 흥분을 해서 그만⋯⋯! 진심으로 사과드리오, 악 노사!"

더 없이 정중해 보이는 사과였으나, 어디까지나 눈에 보이는 태도만 그랬다.

사도진악도 한 성질 한다면 한 성질 하는 사람인 것이다.

입으로는 사과하고 있지만, 그의 얼굴은 이미 검붉게 변해 있었다.

사과와 무관하게 분노의 열기가 머리끝까지 차오른 것이다.

그러나 악지산은 그런 그의 속내를 아는지 모르는지 점점 더 싸늘해지고 있었다.

"잡기는 누가 누구를 잡을 수 있다는 거요? 당신과 내가 아까 그자를? 어림 반 푼어치도 없는 소리 하지도 마시오! 그자는⋯⋯! 그자는⋯⋯!"

발끈하며 무언가 말하려던 악지산이 이내 고개를 절레절레 흔들며 손을 내저었다.

"아니, 그만두고, 어서 여기나 뜹시다!"

사도진악은 바보가 아니었다. 아니, 오히려 명석한 두뇌의 소유자였고, 눈치도 둘째가라면 서러워할 사람이었다.

그는 심상치 않은 악지산의 태도에 절로 반응해서 물었다.

"뭐요? 뭐가 더 있는 거요?"

"아무것도 아니오! 어서 가기나 합시다!"

악지산은 거듭 발길을 재촉했으나, 사도진악은 조금도 움직이지 않고 그 자리에 서 있었다.

악지산이 싸늘한 눈빛으로 그런 사도진악을 노려보았다.

"지금 뭐 하자는 거요?"

사도진악이 냉정하게 악지산의 시선을 마주하며 말했다.

"아까는 그냥 흘려들었는데, 이제 기억났소. 아까 설 가 그놈이 그랬소. 내가 당한 이유가 지옥참마도를 익혀서라고. 왜 그런지 악 노사에게 물어보라고. 악 노사도 들었지요?"

"……."

"말해 주시오, 악 노사! 대체 뭐가 있는 거요? 악 노사가 이렇게 끝내 회피한다면 본인은 앞으로 천산파는 물론, 이공자도 믿을 수 없게 될 거요!"

악지산이 잠시 매서운 눈초리로 사도진악을 뚫어지게 바라보다가 냉정하게 말했다.

"내가 지금 사도 림주에게 해 줄 수 있는 말은 이것 하나요. 설 가, 그자는 무언가 특별한 능력을 가졌소. 하지만 그자가 가진 능력이 내가 아는 그 능력과 같은 건지는 아직 나도 잘 모르겠소. 확인이 필요하오. 그래서 더욱 서둘러 돌아가려는 거요."

"대체 그게 어떤 능력이기에……?"

"나중에……!"

악지산이 잘라 말했다.

"확인이 먼저요! 확인이 되면 필히 사도 림주에게 알려 주겠소!"

사도진악은 어쩔 수 없이 물러났다.

토끼를 몰아도 빠져나갈 길은 터 주고 몰아야 한다고 했다.

천하의 악지산이 이렇게까지 정색하고 말하는데 어떻게 더 채근할 수 있을 것인가.

"믿겠소!"

"고맙소."

사도진악이 수긍하며 물러나자, 악지산이 형식적으로나마 고마움을 표시하며 발걸음을 서둘렀다.

그러면서 품을 뒤지더니, 작은 대롱 하나를 꺼내 들었다.

끝에 실이 매달린 대롱, 폭죽이었다.

악지산은 그 대롱을 하늘로 쳐들며 끝에 매달린 실을 당기자, 작은 불꽃이 하늘 높이 치솟았고, 이내 터져서 밤하늘을 화려하게 수놓았다.

누군가에게 보내는 신호였다.

"됐소! 이제 저쪽도 철수할 테니, 우리도 어서 갑시다!"

후일담이지만, 황제가 있는 금불사의 후원에서 터진 두 번째와 세 번째 폭음은 요미와 단이자의 격돌로 일어난 것이 아니었다.

요미와 단이자는 첫 번째 격돌 이후에 대치한 상태로 전혀 움직이지 않고 있었다.

서로가 서로의 무위를 경계하며 누구도 먼저 섣불리 움직이지 않았던 것이다.

두 번째 폭음과 약간의 간격으로 터진 세 번째와 네 번째 폭음이 그사이에 일어났다.

지사인을 동작 불능의 상태로 만든 혈뇌사야가 연이은 공격으로 종리매 등이 상대하고 있던 천사인을 압살해 버리는 과정에서 일어난 폭음이 바로 그것이었다.

무지막지한 장력이었다.

혈뇌사야의 장력에 연이어 당한 지사인은 저 멀리 바위에 처박혀서 정상이라면 도저히 그럴 수 없는 방향으로 꺾인 사지를 꿈틀거렸고, 천사인은 반경 오륙 장에 깊이가 세 길이나 되는 웅덩이 속에 빠져서 삐딱하게 꺾인 고개와 우그러진 가슴만 들어낸 채 비틀어진 두 손을 허우적대고 있었다.

장내의 모두가 그 모습을 확인하고 경악하는 사이, 신경질적인 투덜거림이 장내를 가로질렀다.

"망할 놈의 강시! 지랄 맞게도 단단하네!"

혈뇌야사였다.

붉은 그림자가 아닌 적포노인의 모습으로 돌아온 그가 자신의 장력으로 만들어진 웅덩이 옆에서 손목을 부여잡고 오만상을 찡그리는 모습으로 나타났다.

장내가 찬물을 끼얹은 것처럼 조용해졌다.

장내의 모두가 강력한 그의 신위에 놀라서 잠시 굳어져 버려서 흡사 시간이 정지한 것 같았다.

그러나 장내의 그 누구보다도 놀라고 당황한 사람은 바로 요미와 대치하고 있던 천산금마 단이자였다.

"혀, 혈뇌사야……?"

단이자가 두 눈을 휘둥그렇게 뜨며 말을 더듬었다.

말 그대로 소스라치게 놀라는 모습이었다.

"다, 당신이 왜 여길……?"

혈뇌사야가 삐딱하게 단이자의 시선을 마주하며 음충맞은 기소를 흘렸다.

"그 말을 그대로 돌려주고 싶구나. 천산에 있어야 할 너야말로 왜 여기에 있는 거냐? 변복(變服)하고, 북경 구경 왔냐?"

단이자가 대답 대신 슬쩍 하늘을 쳐다봤다.

저편 밤하늘에서 폭죽이 터지고 있었다.

악지산이 쏘아올린 폭죽이 이때 터진 것이다.

순간, 안색이 변한 단이자가 주변을 둘러보았다.

치열한 격전이 벌어지던 장내는 이미 침묵과 고요가 내려앉은 상태였다.

모든 싸움이 끝났고, 다수의 병력이 일대를 포위하고 있었다.

"너무 얕본 건가?"

문득 쓰게 웃으며 중얼거린 단이자는 목을 돌리고, 어깨를 으쓱여서 근육을 풀었다.

영락없이 그물에 갇힌 물고기 꼴이었으나, 그에 대한 걱정이나 두려움 따위는 조금도 보이지 않았다.

그저 답변이 궁색한 혈노사야의 질문을 외면하며 태연하게 활로를 모색하는 모습이었다.

혈노사야가 그것을 간파한 듯 냉소를 날렸다.

"가능할까?"

단이자가 턱을 쳐들고 지그시 혈뇌사야를 깔아 보며 대꾸했다.

"본인은 오고 싶으면 오고, 가고 싶으면 가는 사람이오. 제아무리 혈가의 가주라도 본인을 막을 수는 없을 거요."

혈뇌사야가 비릿하게 웃었다.

"누구 얕보는 게 아니라 스스로를 너무 자만하고 있군그래."

단이자가 심드렁한 표정으로 어깨를 으쓱했다.

"확인해 보시던가."

"안 그래도 그럴 참이다."

혈뇌사야가 핏빛 혈안에 섬뜩한 살기를 품으며 단이자를 향해 다가섰다.

누군가 그런 그를 향해 뾰족하게 외쳤다.

"아니, 빨강 할배는 그냥 거기서 구경이나 해."

요미였다.

혈뇌사야가 쳐다보자, 그녀가 싱긋 웃으며 부연했다.

"보면 몰라? 이 영감탱이는 애초에 내 몫이었잖아."

혈뇌사야가 무색해진 표정으로 쩝쩝 입맛을 다시며 어깨를 으쓱했다.

그녀의 말에 수긍한 것이다.

다른 사람은 몰라도 그녀는 그도 익히 인정하는 바였다.

무공 실력도 실력이지만 성질머리 또한 대단해서 어지간하면 양보해 주는 게 좋았다.

그녀와 척을 지면 앞으로 생활이 심히 고단해지리라는 것을 그는 진작부터 느끼고 있었다.

"뭐, 그러던지……."

혈뇌사야가 선뜻 수긍하며 물러나자, 단이자가 어이없다는 표정을 지으며 조소를 날렸다.

"혈가주가 마교를 이탈한 이유가 있었군. 어린 계집의 치마폭에 놀아날 정도로 새가슴이 되었으니, 천사교주의 기습 한 번에 나가떨어져서 겁먹고 숨어 버린 게야. 정말 한심하군."

혈뇌사야가 아무렇지도 웃으며 슬쩍 한마디 충고했다.

"뒤나 조심해라. 모가지 잘릴라."

단이자가 아차 하는 표정으로 반응해서 옆으로 주룩 미끄러져서 이 장여나 이동했다.

간발의 차이로 그가 서 있던 공간에 반월형 섬광이 명멸하고 있었다.

요미가 아무런 사전 동작도, 기척도 없이 다가와서 휘두른 혈마비가 남긴 잔영이었다.

"어린 계집이 어디서 감히 주제도 모르고……!"

단이자가 분노한 기색으로 요미를 노려보며 이를 갈았다.

요미가 얄미운 표정, 가소롭다는 눈빛으로 단이자의 시선을 마주 바라보며 코웃음을 쳤다.

"어이, 영감탱이? 지금 누가 누구보고 감히 주제도 모른다는 헛소리를 하는 거야? 방금 전까지 바짝 졸아서 덤비지도 못하고 눈치만 보고 있었던 게 영감탱이잖아?"

단이자가 냉소를 날렸다.

"건방진 계집! 도와줄 손이 많다고 참으로 겁 없이 방자하게 구는구나!"

요미가 빙그레 웃으며 수중의 혈미자를 앞에 세우고 좌우로 흔들었다.

"괜히 그따위 낯간지러운 격장지계(激將之計)는 안 써도 돼. 여기 있는 사람들 대부분은 내가 누군지 알아서 감히 내 싸움에 끼어들 생각은 안 할 테니까. 그래도 혹시 모르니……."

그녀는 대뜸 검은 눈동자가 사라진 회백색의 눈으로 변해서 장내를 훑어보며 말했다.

"다들 들었지? 아무도 끼어들지 마? 이 영감탱이는 내 밥이니까?"

대답하는 사람은 없었다.

요미도 대답을 기다리지 않았다.

그냥 그것으로 끝, 새삼 빙그레 웃는 낯으로 단이자를 쳐다 보며 말했다.

"됐지?"

"어린 계집이 정말 용기가 가상하구나!"

단이자가 기다렸다는 듯 비웃었다.

그와 동시에 그의 신형이 움직이고, 수중의 칼이 뻗어졌다.

빨랐다.

쐐애액—!

독사의 머리처럼 영활하게 쳐들린 칼끝이 직선으로 그녀의 목을 향해 뻗어지고 있었다.

원래 그들, 두 사람 사이는 사오 장의 거리였다.

그런데 한순간에 그 거리가 사라져 버리며 대번에 그녀의 목 앞에 칼끝이 나타났다.

칼끝이 닿기도 전에 먼저 다가온 서릿발 같은 기세가 그녀의 목을 찌르고 있었던 것이다.

"헉!"

어디선가 누군가가 헛바람을 삼켰다.

그의 눈에는 영락없이 요미의 목이 꿰뚫린 것으로 보인 모양 이었다.

아니, 비단 그 사람만이 아니라 주변에서 시켜보던 대부분의 사람들이 그렇게 보는 것 같았다.

누구처럼 헛바람을 삼키지 않았을 뿐이지, 그 순간에 모두가 움찔하고 있었다.

그러나 착각이었다.

요미가 그 순간에 흐릿하게 사라졌다.

단이자가 기습적으로 뻗어 낸 칼끝이 찌른 것은 이미 사라진 그녀의 잔상에 불과했던 것이다.

"이제야 알겠다! 네년이 바로 설 가 녀석의 첩실이라는 요안 마녀로구나!"

단이자는 헛손질을 했음에도 불구하고 조금도 놀라거나 당황하지 않았다.

대신에 전광석화처럼 순간적으로 돌아서며 칼을 휘둘렀다.

요미가 거기 나타나고 있었던 것이다.

"헉!"

다시금 누군가의 입에서 헛바람이 샜다.

단이자의 등 뒤에서 나타나던 요미의 신형이 반으로 갈라졌던 것이다.

그러나 그것 역시도 잔상 아니, 허상이었다.

"호호호……! 뭐야, 영감탱이? 고작 그 정도 실력을 가지고 그렇게나 시건방을 떤 거야?"

단이자의 칼날에 베어진 요미의 허상이 스르르 소멸되는 가운데, 그녀의 웃음소리가 사방팔방에서 메아리쳤다.

마치 장내가 거대한 동굴처럼 느껴지는 상황이었다.

"……!"

여유만만이던 단이자의 안색이 변했다.

이제야말로 적잖게 긴장한 표정과 태도를 보이고 있었다.

"요망한 계집! 언제까지 그리 숨어서 도망칠 생각이냐? 그따위 재주로는 고작해야…… 헉!"

수치심인지 분노인지 모르게 붉어진 안색으로 욕설을 한마디를 더 뱉으려던 단이자가 헛바람을 삼키며 굳어졌다.

아무런 기척도, 느낌도 없이 다가온 손 하나가 그의 뒷목을 움켜잡았기 때문이다.

단이자는 반사적으로 수중의 칼끝을 뒤로 돌려서 자신의 목을 잡은 자의 목을 노렸다.

아니, 그러려고 했다.

그러나 그 순간에 그가 손이 허전해졌다.

무언가가 뒤로 뻗어 낸 그의 칼날을 낚아챘기 때문이다.

아마도, 그의 뒷목을 움켜잡은 자의 소행일 텐데, 그와 동시에 그는 허공에서 대롱거렸다.

그의 뒷목을 움켜잡은 자가 무지막지한 힘으로 그의 몸을 쳐들었던 것이다. 그리고 또한 그와 동시에 그는 자신을 제압한 자가 누군지 알게 되었다.

"좀 나아졌나 했더니만 또 이러네. 혹시 모르니 형님의 곁을 좀 지키라고 했더니만, 장난이나 치고 있어? 자꾸 까불면 너 정말 같이 못 다닌다?"

막 장내에 도착한 설무백이었다.

사람은 누군가에게 뒷목을 잡히고 들고 있던 무기를 빼앗겼다고 해서 반항하지 못하는 존재가 아니다.

그 사람이 무공을 익힌 무인이라면, 그것도 고수라면 더욱 그렇다.

그런 사람의 육체는 강철보다 더 강할 수 있고, 손발은 그 어떤 병기보다 날카로울 수 있으며, 더 빠르면서도 자유자재로 움직일 수 있다.

그야말로 온몸이 흉기인 것이다.

그러나 설무백의 손아귀에 뒷덜미를 잡힌, 그래서 두 발이 허공에 뜬 채로 대롱거리고 있는 천산금마 단이자는 칼을 빼앗긴 순간부터 전혀 반항하지 못하고 있었다.

불시에 뒷덜미를 잡히고, 수중의 칼까지 빼앗겨 버리는 순간에는 실로 꿈에도 예상하지 못한 사태라 잠시 사고가 마비되어 반항할 생각을 하지 못한 것이었으나, 그 이후부터는 감히 반항할 엄두를 내지 못했다.

사고가 정상으로 돌아오자, 지금 그의 뒷덜미를 잡은 설무백의 손아귀가 사혈을 움켜쥐고 있다는 사실을 인지하는 바람에 반항할 방법이 없었다.

여차하면 그대로 즉사였다.

그 때문이었다.

단이자는 허수아비처럼 굳어서 설무백의 손에 대롱대롱 매달린 채로 눈앞에 나타나는 요미를 마주했다.

사천미령제신술로 공간의 사각에 몸을 숨기고 있던 그녀가 설무백의 구박에 질겁하며 모습을 드러낸 것인데, 아무것도 없는 공간의 일각이 마치 문처럼 열리며 소침해진 모습의 그녀가 빠져나오는 모습은 실로 귀신이 곡할 정도로 기이하기 짝이 없었다.

"아니, 저기, 그게 아니라……! 이 영감탱이가 자꾸……!"

"자꾸 뭐?"

설무백이 말을 자르자, 할 말이 많은 표정이던 요미가 여전히 불만 어린 표정이면서도 조개처럼 입을 다물며 물러났다.

사뭇 냉담한 설무백의 기색을 보고는 실로 장난이 아니라는 사실을 깨달은 것이다.

"아냐, 그냥 내가 잘못했어. 아니, 잘못했어요."

설무백은 그제야 뒷덜미를 잡은 단이자를 한층 더 높이 쳐들고 주변을 훑어보며 외쳤다.

"무엇을 노리고 그렇게 숨죽인 채 엎드려 있는지는 몰라도, 이제 너희들에게 기회는 없으니, 당장 꺼져라! 안 그러면 지금 당장 주제도 모르고 설친 이 얼간이부터 죽여 버릴 거다!"

천하십대고수의 하나인 천산금마 단이자가 졸지에 주제도

모르고 설친 얼간이가 되었다.

그러나 장내의 그 누구도 반박하지 않았다.

굳이 반박할 이유도 없지만, 그보다 설무백의 태도가 사람들의 주목을 받고 있었기 때문이다.

지금 설무백은 장내의 주변에 숨죽인 채 숨어서 기회를 엿보는 매복자가 있음을 밝힌 것이다.

아니나 다를까, 과연 그랬다.

돌발적인 설무백의 외침이 발해지자, 장내의 좌우측 외곽, 방풍목으로 둘러싸인 담벼락의 어두운 그늘 속에서 기척이 나며 각기 십여 개의 검은 그림자가 떨어져 나왔다.

저마다 빛을 반사하지 않는 검은 목면의 의복을 입고, 같은 재질의 천으로 하관을 가린 사내들이었다.

저편 뒤쪽에서 황제를 경호하고 있던 동창과 금의위의 고수들이 칼을 쳐들며 경계를 강화했다.

그들은 복면인들의 존재를 전혀 감지하지 못하고 있었다는 방증이었다.

아니, 비단 그들만 몰랐던 것이 아니었다.

싸움이 끝난 장내에 남아 있던 조위문과 종리매 등의 고수들도 당황을 금치 못하는 기색이었다.

복면인들의 은신술은 가히 귀식대법에 준하는 경지라 그들도 전혀 눈치채지 못했던 것이다.

아마도 적과 싸우는 데 집중하느라 주변을 돌아볼 여력이 없었으리라.

그러나 그 점을 감안한다고 해도 적잖은 충격이었다.

조위문이나 종리매씩이나 되는 고수들의 이목으로도 간파하지 못할 정도의 은신술은 세상에 그리 흔치 않았다.

복면인들의 실력이 그만큼 뛰어나다는 뜻이었다.

그러나 설무백은 그에 아랑곳하지 않고 모습을 드러낸 그들에게 불같이 화를 냈다.

"당장 꺼지라니까 모습을 드러내? 지금 한번 해보자는 거냐? 내가 지금 장난하는 것 같아?"

복면인들은 그래도 물러나지 않았다.

그저 서로서로 눈치를 보느라 여념이 없었다.

설무백은 보란 듯이 단이자의 뒷덜미를 움켜잡은 손아귀에 힘을 가하며 으르렁거렸다.

"아무래도 쟤들은 네가 죽기를 바라는 것 같다. 어떻게 죽여 줄까? 그냥 이대로 목을 끊어 줄까? 아니면 여기를 잘라서 쟤들이 죽는 꼴은 보고 죽을 수 있도록 해 줄까? 원하는 대로 해 줄 테니까, 말만 해. 죽은 사람 소원도 들어준다는데, 죽을 사람 소원도 들어줘야지."

설무백은 말을 하면서 단이자의 명문혈 부근인 허리를 손으로 툭툭 건드리고 있었다.

말인즉 허리를 자르는 것으로 잠시 죽음을 늦추어서 자신이 복면인들을 처리하는 것을 보고 죽을 수 있게 해 주겠다는 뜻

천외천의
주인

이었다.

하지만 단이자는 흉악하기 짝이 없는 그의 말을 듣고도 아무런 대답을 할 수가 없었다.

"으으……!"

대답 대신 신음만 흘렸다.

뒷덜미를 잡은 설무백의 손아귀에 힘이 들어가자 피부와 근육이 당겨져서 말은커녕 숨조차 쉬지 못해서 얼굴만 파랗게 변해 갔다.

그대로 조금만 시간이 지나면 그대로 질식해서 기절하고, 그 후에는 혀를 길게 빼문 시체로 변할 것이 너무나도 자명해 보였다.

그때 모습을 드러낸 복면인 중 하나가 조심스럽게 나서며 말을 건넸다.

"우리가 떠나면 그를 살려 줄 것이오?"

설무백은 웃었다. 실소였다.

"자객 주제에 지금 나와 협상을 하려는 거냐?"

말을 건넨 복면인이 설무백의 냉랭한 반응에 말문이 막힌 기색이다가 뒤늦게 항변했다.

"우리는 자객이 아니오!"

설무백은 물었다.

"자객이 아니면 왜 거기서 숨죽이고 엎드려 있었던 건데?"

"……."

복면인은 말문이 막힌 듯 혹은 말하면 안 되는 이유가 떠오른 듯 대꾸하지 못하고 부르르 진저리를 쳤다.

분노의 진저리로 보였다.

설무백은 그런 복면인을 향해 수중의 단이자를 흔들어 보였다.

"빨리 결정해라. 그러다 이 얼간이 그냥 죽는다."

사실이었다.

단이자는 실식이 한계에 달한 듯 새파랗게 변한 얼굴로 게거품을 물고 있었다.

복면인이 그 모습을 확인하며 곤혹스러운 눈빛을 드러낼 때였다.

그의 곁에 서 있던 다른 복면인 하나가 설무백을 향해 튀어나왔다. 아무런 사전 동작도 없이 움직인 그의 속도는 그야말로 전광석화와 같았다.

그러나 설무백은 이미 반응했다.

그는 그만의 시간에서 움직이며 자신을 향해 쏘아지는 복면인을 향해 손을 내밀었다.

펑―!

폭음이 터졌다.

미처 설무백의 지근거리로 다가서기도 전에 복면인의 가슴에 작렬한 폭음이었다.

비명은 없었다.

그저 복면인이 쇄도할 때보다도 더 빠르게 저 멀리 날아가서 바닥에 처박혔다. 그리고 복면을 통해서 피를 토해 냈다.

마치 핏물을 담아 놓은 가죽 주머니가 터진 것처럼 한도 끝도 없이 피가 쏟아져 나왔다.

설무백의 무극신화장이 그의 혈맥을 촛농처럼 녹이고 내장을 산산이 으깨 버린 결과였다.

설무백은 그런 복면인의 죽음을 태연하게 무시하며 애초에 대화를 나누던 복면인을 향해 물었다.

"이게 네 대답이야?"

복면인이 다급히 고개를 저으며 부정했다.

"아니요! 본인의 생각이 아니라 저 녀석이 공명심에 들떠서 제멋대로 행동한 거요!"

설무백은 싸늘해져서 물었다.

"저 녀석이 누군데?"

복면인이 대답했다.

"본인의 사제요."

설무백이 다시 물었다.

"그럼 당신은 누군데?"

복면인이 잠시 머뭇거리다가 복면을 벗었다.

나이를 짐작하기 어려운 노인이었다.

굳이 유추하면 칠팔십 대 이상으로 보이는데, 술에 취한 것처럼 붉은데다가 수염 하나 없이 반질반질한 얼굴이라 묘한 분위기를 풍겼다.

"본인은 천산파의 라난 솔롱가요."

설무백은 내심 고개를 끄덕였다.

범상치 않은 인물이라 짐작하고 있었는데, 과연 그랬다.

복면인은 바로 화산제일인인 악지산의 사제이자, 당대 천산파의 오인 장로 중 하나인 라난 솔롱가인 것이다.

"좋아, 라난 솔롱가."

설무백은 사뭇 진지해져서 말했다.

"나도 조금 더 솔직해지도록 하지. 당신도 이미 어느 정도 짐작했을 테지만, 내가 지금 이렇듯 당신에게 기회를 주는 것은 배려가 아니야. 당신과 당신의 뒤에 숨죽이고 있는 자들이 다 나서면 이쪽도 적잖은 피해가 불가피하다고 생각해서지."

"……."

"하지만 그 대가로 당신들은 틀림없이 전멸이다. 내가 장담하는데, 당신을 비롯한 그 누구도 살아남지 못해."

그는 죽어 가고 있는 단이자를 마치 썩은 짚단처럼 옆에 툭 내려놓고 말을 끝맺었다.

"그러니 이자는 포기하고 그만 돌아가. 분명하게 말하지만, 당신들은 이유 여하를 막론하고 이 나라의 황제 폐하를 노린 거다. 누구 하나 책임지지 않고 그냥 넘어가길 바라는 건 너무 심한 욕심이야."

라난 솔롱가가 발뺌했다.

"우린 황제를 노린 것이 아니오! 그저 만일의 사태에 대비해서……!"

"어떤 만일의 사태?"

설무백은 잘라 물었다.

"황제 폐하가 나오는 이 자리에서 벌어질 만일의 사태가 어떤 건데?"

"……!"

라난 솔룽가가 꿀 먹은 벙어리처럼 입을 다물었다. 그리고 오만가지 생각으로 복잡하게 뒤엉킨 것 같은 눈동자를 이리저리 굴렸다.

망설임인지 아니면 무슨 다른 생각을 하는 것인지 모를 고뇌의 눈빛이 마구 흔들리고 있었다.

설무백은 그에 아랑곳하지 않고 싸늘하게 말을 더했다.

"지금부터 정확히 하루를 주도록 하지. 그다음에 황군이 당신들의 뒤를 추적할 테니까, 그 안에 가능하면 멀리 가도록 해."

라난 솔룽가가 부르르 경련이 일어나는 눈가로 설무백과 그 옆에 쓰러진 단이자를 번갈아 보았다. 그리고 이내 지그시 입술을 깨물고 돌아서며 소리쳤다.

"돌아간다!"

라난 솔룽가의 외침이 퍼져 나가자, 그의 뒤쪽에서 다수의 인기척이 준동했다.

최소한 수십은 넘는 인기척이었다.

그들이 바로 설무백이 말한 또 다른 매복자들인 것이다.

설무백은 무심한 태도로 그들의 기척을 외면하며 우두커니 서서 라난 솔룽가 등이 어둠으로 사라지는 모습을 지켜보았다.

그런 그의 곁으로 동창과 금의위 고수들의 경계 속에 저 멀리 뒤쪽에 빠져 있던 황제가 다가오며 말했다.

"저들을 그냥 돌려보내는 것은 이 우형 때문인가? 이 우형이 다칠까 봐서?"

설무백은 대답에 앞서 장내를 둘러보았다.

땅속에 처박힌 사군과 마효, 그리고 웅덩이 속에서 삐꺽거리며 허우적대는 천사인과 지사인을 제외하면 장내에 남아 있는 적은 선혈이 낭자한 모습으로 종리매 앞에 무릎 꿇려진 비연검룡 마천휘 하나밖에 없었다.

독심광의 구양보와 흑룡, 흑표 등은 이미 벌써 도망친 후인 것이다.

"왜 제게 알리지 않았어요?"

황제의 질문을 감히 질문으로 받는 것은 주리를 틀어도 할 말이 없을 정도로 가당치 않은 불경죄였다.

주변의 모두가 대번에 안색이 변해서 굳어진 것은 바로 그 때문이었는데, 정작 황제는 아무렇지도 않게 대답했다.

"알리지 않아도 이렇게 올 테니까."

설무백은 가만히 황제를 바라보았다.

과연 이게 진심인지 아니면 기만인지 도통 알 수가 없었다.

기력이 너무 많이 빠져서 그런 것 같았다.

그런 그의 생각을 아는지 모르는지, 황제가 슬쩍 고개를 돌려서 라난 솔롱가 등이 사라진 방향을 쳐다보며 말했다.

"어쨌거나, 하루를 기다려 주면 되는 거지?"

앞서 설무백의 말을 떠올리며 말하는 것이다.

설무백은 희미한 미소를 입가에 띠며 고개를 저었다.

"신경 쓰지 마세요. 그전부터 쫓기게 될 테니까요."

"……?"

황제가 어리둥절한 표정으로 고개를 갸웃했다.

설무백은 입가의 미소를 한결 짙게 드리우며 말했다.

"제 아버님도 저와 같아요. 군이 알려 주지 않아도 당신이 스스로 나서는 분이시죠."

황제가 속을 모르게 웃으며 고개를 끄덕였다.

"그렇군. 과연 그래."

"그보다……."

설무백은 문득 어색한 미소를 흘리며 뒤로 물러났다.

곧바로 수긍하며 납득하는 황제의 모습이 흐릿해지고 있었다.

"저 아무래도 잠시 쉬어야겠네요."

말을 끝내기 무섭게 설무백은 쓰러졌다.

혼절이었다.

어쩔 수 없었다.

이기어술은 실로 막대한 공력이 소비되는 신기였고, 아무리 그라도 연속해서 펼치는 것은 상당한 무리였다.

내색은 삼갔을 뿐이지 그런 막대한 내공이 소비되는 극강의 비기를 연속해서 발휘한 그가 온전한 상태일 수는 없었다.

그는 이미 탈진한 상태였고, 고도의 정신력과 초극의 부동심으로 버티고 있었을 뿐이었다.

내력의 고갈과 치열한 긴장 후에 찾아온 평안이 안겨 준 심심의 이완(弛緩)이 혼절을 부른 것이다.

패도난마快刀亂麻 (3)

"······!"

설무백이 혼절해서 쓰러지자, 정확히는 정신을 놓친 설무백의 신형이 옆으로 기울어지자 지근거리로 다가선 황제가 놀란 마음에 달려들며 부축하려 했으나 이미 늦었다.

그러나 설무백의 신형이 바닥에 쓰러지는 일은 벌어지지 않았다.

어느새 다가든 요미가 설무백을 부축했기 때문이다.

"괜찮은가?"

황제가 걱정스러운 표정으로 설무백을 품에 안은 요미에게 다가갔다.

요미는 허락하지 않았다.

황제의 손길을 피해서 슬쩍 뒤로 물러난 그녀는 성난 고슴도치처럼 도사리며 매섭게 주변을 훑어보았다.

"아무도 다가오지 마! 누구도 오빠의 몸에 손댈 수 없어!"

황제가 무색해진 표정으로 이맛살을 찌푸렸다.

본능적으로 설무백에게 다가서던 주변의 모두가 매우 불쾌해진 표정으로 요미를 노려보았다.

그때 누군가 추상같이 꾸짖었다.

"무엄하다! 일개 야인 주제에 감히 여기가 어느 안전이라고 그리 방자하게 구는 것이냐!"

황제를 수행하던 늙수그레한 금의위 위장이었다.

모두가 황제의 눈치를 보며 나서지 못하는 가운데, 나섰다는 것만 봐도 상당한 지위를 가졌다는 방증인데, 사실이 그랬다.

동창과 더불어 새롭게 보강된 금의위의 신임 대영반 단목진양(端木振揚)가 바로 그였다.

그러나 요미는 상대의 신분에 따라 행동하는 여자가 아니다.

방금 그녀가 황제의 손길을 뿌리친 것은 황제를 몰라봐서가 아닌 것이다.

황제조차 안중에 두지 않은 그녀가 다른 사람의 위협이나 겁박에 물러날 이유가 어디에 있을 것인가.

"방자하건 말건 내 말을 듣는 게 좋을 걸? 안 그러면 크게 다칠 테니까."

"아니, 무슨 이런 계집이……!"

단목진양이 당황해서 어쩔 줄 모르겠다는 표정으로 요미를 노려보았다.

그런 그의 곁으로 나서는 사람이 하나 있었다.

그의 예하인 금의위 위장, 바로 황제가 지난 죄과를 사하고 등용한 중랑장 공손벽이었다.

"폐하의 면전에서 그 무슨 해괴한 망발인가! 당장에 무릎 꿇고 엎드려 사죄하지 못할까!"

준엄하게 일갈하는 공손벽은 실로 삼엄한 기색이었다.

사실 그럴 수밖에 없는 것이, 작금의 상황은 폭풍이 몰아친 뒤끝이었다.

다들 애써 숨을 다독이고 있기는 했으나, 살벌한 격전과 위급했던 상황으로 인한 분노의 감정이 여전히 모두의 가슴에서 부글거리고 있었고, 그것은 그 역시 예외가 아니었다.

아니, 평소 책임감 강한 그는 더욱 그랬다.

황제를 제대로 보필하지 못했다는 생각, 극도의 불만으로 인해 언제라도 불씨만 생기면 여지없이 폭발해 버릴 화약고와 같았다.

팽창할 때로 팽창한 분노의 감정이 가느다란 실 끝에 간신히 매달린 형국인 것이다.

그러나 요미는 어디까지나 요미였다.

공손벽의 추상같은 질타를 듣고도 빙그레 웃은 그녀는 슬쩍 황제를 위시한 주변의 모두를 훑어보며 말했다.

"나는 경고했어. 나중에 딴소리하기 없기다?"

최후통첩과도 같은 나직한 경고와 함께 요미의 눈동자가 사라졌다.

그녀의 두 눈이 회백색으로 변해서 사악한 느낌을 주는 기운을 풍기기 시작했다. 그리고 그 순간에 그런 그녀의 곁으로 그녀만큼이나 사악한 느낌을 주는 붉은 안개와 더불어 홀연히 나타난 혈뇌사야가 음충맞은 기소를 흘렸다.

"흐흐, 은혜를 원수로 갚으려는 작자들이라면 노부도 어쩔 수 없지. 대신 죽지 않을 자신이 있는 놈만 나서라. 괜히 죽여 버려서 나중에 주군께 욕 듣게 하지 말고. 흐흐흐……!"

살기가 비등했다. 눈동자 하나 제대로 돌릴 수 없는 긴장감이 장내를 짓눌렀다.

대내무반의 최고수라는 중랑장 공손벽이 허락을 받으려는 듯 슬며시 황제를 바라보았다.

황제가 대답 대신 뜻 모를 미소를 입가에 머금으며 주변에서 추의를 관망하고 있는 제독동창 조위문을 비롯해 종리매 등 동창의 고수들을 둘러보았다.

황제의 시선을 마주한 사람들의 반응은 두 부류로 갈렸다.

하나는 무색해진 표정으로 시선을 회피하려는 부류였고, 다른 하나는 명령만 내리면 당장에 연놈의 목을 베어 버리겠다는 듯 투지로 불타는 눈빛을 드러내는 부류였다.

황제가 그 모습을 확인하고 뜻 모를 미소를 입가에 떠올리는 그때, 뒤에서 누군가 불쑥 말했다.

"혹시나 하는 마음에 말씀드립니다, 폐하. 저자의 존재가 부담스러워서 처치하실 마음이 있으시다면 지금이 다시없는 절호의 기회이긴 합니다만, 그래도 최소한 지금 이 자리에 있는 고수들의 절반 이상의 목숨을 내주어야 할 겁니다. 그러니 하나만 생각하시면 됩니다. 그런 피해를 감수하고라도 저자를 처치할 필요가 있는지 말입니다."

황제가 이맛살을 찌푸리며 슬쩍 뒤를 돌아보았다.

말을 건넨 사람은 사람 좋은 낙척문사처럼 서글서글한 눈매와 수더분한 얼굴을 가진 반백의 노인이었다.

바로 천군의 사대호신장 중 하나라는 비밀 신분을 가지고, 도찰원의 어사 직분을 수행하는 맹사였다.

"짐이 설 아우를 부담스럽게 생각하는 것 같나?"

"예."

"어째서?"

"굳이 이유를 달 필요도 없지요. 저런 위인이 누군들 부담스럽지 않겠습니다."

황제는 피식, 실소하며 인정했다.

"그렇긴 하지."

그리고 재우쳐 고개를 저었다.

"하지만 틀렸어. 죽이고 싶을 정도까지 부담스럽지는 않아. 그 정도는 능히 감수할 수 있을 정도로 아끼는 동생이니까."

"그렇습니까?"

"안 그렇게 보이나?"

맹사가 잠시 의미심장한 눈빛으로 황제의 시선을 마주하며 뜸을 들이다가 고개를 숙였다.

"필부의 도량으로 감히 어찌 폐하의 흉금을 짐작할 수 있겠습니까."

"그런 거야."

황제가 재차 강조하고는 슬며시 고개를 바로하고 사뭇 부드러운 눈빛으로 요안(妖眼)을 드러낸 요미와 붉은 안개 속에서 핏물처럼 붉은 혈안을 드러내고 있는 혈뇌사야를 바라보며 쩝쩝 소리가 나도록 입맛을 다셨다.

"다만 저들의 능력이 궁금할 뿐이지."

맹사가 그건 자신이 어쩔 수 있는 문제가 아니라는 듯 조용히 함구했다.

대신 금의위 대영반 단목진양과 중랑장 공손벽이 삼엄한 기색을 드높이며 나섰다.

"하면 소장들이……!"

야릇한 기대로 빛나는 황제의 시선이 단목진양과 공손벽에게 돌아갔다.

그때 내내 타인처럼 관망하고 있던 제독동창 조위문이 나서며 조심스럽게 말을 건넸다.

"사실이 그러하시다면 그냥 포기하시지요, 폐하."

황제의 빛나는 눈초리가 조위문에게 돌려졌다.

"포기하라?"

조위문이 깊이 고개를 숙이며 충직한 목소리로 핵심을 찌르는 대답을 내놓았다.

"이유 여하를 불문하고 저들은 폐하께서 거둘 수 있는 자들이 아니기 때문입니다."

그랬다.

지금 조위문은 황제의 마음을 정확히 읽고 있었다.

황제는 다른 무엇보다도 요미와 혈뇌사야의 절륜한 무위에 매료되어 탐이 났던 것이다.

"어째서 그런가?"

조위문이 자신의 말을 인정하는 태도로 이맛살을 찌푸리며 반문하는 황제의 질문에 대답했다.

"저들은 늑대와 같은 맹수입니다. 일단 주인을 정하면 다른 사람에게는 절대 길들여지지 않지요. 우리에 가둬 놓고 키우면 탈이 날 테고, 풀어 놓고 키우면 아군도 물어뜯을 겁니다."

황제가 새삼 이맛살을 찌푸리고는 슬쩍 시선을 돌려서 조위문의 곁에 서 있는 종리매를 바라보며 물었다.

"실로 그러한가?"

종리매는 소림속가의 제자로 나중에 관에 투신한 인물이었다. 그래서 황제가 묻는 것이다.

종리매가 신중한 표정으로 대답했다.

"벼락이 치고 천둥이 울면 꼬리를 말고 숨는 개만 있는 게 아니라 하늘을 보고 짖는 개도 있지요. 그렇듯 개라고 다 같은 개가 아닌 것처럼 늑대라고 다 같은 늑대만 있는 건 아닐 겁니다. 저 또한 소림사에 도움이 된다는 명목으로 폐하의 뜻을 받들고 있지 않습니까. 다만……."

말꼬리를 흐린 그는 어색하게 웃는 낯으로 요미와 혈뇌사야에게 시선을 돌리며 말을 끝맺었다.

"아무리 봐도 저들은 아무에게나 꼬리를 칠 늑대로는 보이지 않는군요. 불경하게 들리실 테지만, 설령 그 상대가 폐하라도 말입니다. 죄송합니다, 폐하."

황제가 코웃음처럼 짧은 한숨을 내쉬었다. 그리고 보란 듯이 손을 털며 요미와 혈뇌사야를 향해 말했다.

"아무리 그래도 이대로 그냥 보내 줄 수는 없어. 짐 또한 너희들만큼이나 설 아우의 안위를 걱정하는 사람이니까."

그러고는 못내 짜증스럽다는 듯 찬바람이 일도록 돌아서며 신경질적인 목소리로 명령을 더했다.

"거처를 마련해 주도록!"

새로 모시는 불상의 봉헌식을 위해서 하루 동안 향객을 받지 않겠다던 금불사는 다음 날 동이 트기도 전에 그 기간을 당분간 연장한다는 방문(榜文)을 산문에 붙였다.

금불사가 나름 그럴 듯한 구실을 붙였음에도 불구하고 그 바람에 북경 전역에는 이런저런 소문이 무성했다. 그리고 그 소문은 거의 대부분이 진실을 적시하고 있었다.

내용은 조금씩 달라도 결국 종합해 보면 누군가 싸웠다는 소문이었다.

격장유이(隔牆有耳)라고 정말로 담장에 귀가 있어서 드러난 것도 아니고, '낮말은 새가 듣고 밤말은 쥐가 듣는다'는 것처럼 정말로 쥐가 듣고 퍼 날라서 밝혀진 것도 아니었다.

그저 어떤 식으로든 숨기려야 숨길 수가 없었을 뿐이다.

당시 금불사의 후원에서 벌어진 싸움은 그처럼 치열하고 과격한 격전이었다.

맑은 하늘에 날벼락이 치는 것도 한두 번이지, 연속해서, 그것도 금불사의 후원에서만 일어나는 건 있을 수 없는 일이었다.

우습지 않게도 혼절했던 설무백이 금불사가 아니라 황궁의 모처에 자리한 밀실에서 깨어난 이유가 거기에 있었다.

당분간 향객을 받지 않는다는 방문을 붙였음에도 불구하고 수많은 이목이 금불사로 쏠리는 데다가, 직접 담을 넘는 자들도 속출해서 자리를 옮길 수밖에 없었던 것이다.

"……."

설무백에 혼절에서 깨어났을 때, 요미는 물수건으로 그의 이마를 다독이고 있었다. 그리고 그가 눈을 뜨고 상체를 일으키자, 대번에 눈물이 차서 그렁그렁해진 눈으로 와락 품에 안기며 그야말로 하늘이 무너지고 땅이 꺼진 아이처럼 서러운 울음을 터트렸다.

"으아앙……!"

설무백은 대략 사태를 짐작하며 평소처럼 그냥 밀어내지 않고 그녀의 어깨를 다독여 주었다.

한껏 얼굴을 찡그리면서였다.

상체를 일으킬 때는 분명 나른한 느낌이 다였는데, 손을 들자 갑자기 찾아든 격렬한 통증이 가슴에서 시작해서 온몸을 휘감고 퍼졌다.

그가 그 격통을 애써 참으며 요미의 어깨를 다독여 주는 참인데, 문가에 붉은 안개가 서리고 이내 짙어지며 사람의 모습으로 변했다.

혈뇌사야였다.

설무백은 슬쩍 한 손을 들어서 반색하며 다가서는 혈뇌사야를 제지했다.

눈물샘이 터져 버린 요미가 진정하려면 아직은 약간의 시간이 더 필요하다고 생각했기 때문이다.

혈뇌사야가 알았다는 표정으로 고개를 끄덕이며 조용히 문가에 앉았다. 그사이, 조용히 문이 열리며 몇몇 사람들이 안으로 들어왔다.

금불사로 가기 전에 떼어 놓은 공야무륵과 철각사, 철면신,

흑영, 백영 등인 다섯 사람이었다.

"……?"

설무백이 어리둥절해서 눈을 끔뻑이는 사이, 어느 정도 진정한 요미가 슬며시 그의 품을 벗어났다. 그리고 은근히 고개를 숙인 채로 뒤도 안 돌아보고 그 자리에서 사라졌다.

공야무륵 등이 방으로 들어온 것을 인지하고는 부끄럽고 창피한 듯 그대로 숨어 버린 것이다.

설무백은 그저 피식 웃어넘기며 물었다.

"내가 얼마 만에 깨어난 거지?"

혈뇌사야가 대답했다.

"여기는 황궁의 서쪽에 자리한 별궁이고, 이제 막 하루가 지나려는 참입니다."

"황궁?"

설무백은 황궁이라는 말에 잠시 어리둥절했으나, 이내 그리 오랜 시간이 지나지 않았음에 안도하며 철각사 등에게 물었다.

"그런데 다들 여기는 어떻게 온 거야?"

다들 뜨악한 표정과 어색해진 태도를 보이며 그의 시선을 피했다.

오직 한 사람만 그의 시선을 피하지 않고 마주했다.

철면신이었다.

설무백은 재차 물었다.

"무슨 일이 있었냐?"

철면신이 정리되지 않은 특유의 말투로 사정을 밝혔다.

"들어왔다, 주인 찾아서. 박살 냈다, 대문. 많이 다쳤다, 병사들."

사정은 이랬다.

설무백의 지시에 따라 공야무륵 등은 저마다 흩어져서 금불사를 기점으로 인근의 요처를 수색했고, 와중에 금불사의 후원과 그 외각에서 벌어진 싸움을 인지했다.

물론 당시의 그들은 나서지 않았다.

그들은 다른 누구보다도 설무백의 능력을 믿기 때문이었다.

그러나 적잖은 시간이 지난 것도 모자라서 아침이 밝아 오자, 그들은 참을 수 없었다.

그들은 곧바로 금불사의 후원으로 잠입했고, 격전의 흔적 속에서 설무백의 자취를 찾아냈다.

금불사의 후원은 엉망으로 망가진 상태였으나, 그들의 능력으로 설무백의 자취를 찾고 이동 경로를 확인하는 것은 그리 어려운 일이 아니었다.

문제는 설무백의 자취를 찾아낸 다음이었다.

설무백의 자취가 하필이면 황궁으로 이어졌던 것이다.

그들은 황궁의 대문을 바라보며 한나절을 기다렸다.

그들로서는 그게 황궁에 대한, 정확히는 설무백의 의형제인 황제에 대한 존중이었고, 최대한의 예의였다.

그런데 한나절이 지나서 날이 저물도록 황궁으로 이동한 설무백에게서는 아무런 기별이 오지 않았다.

그들은 나설 수밖에 없었다.

은밀히 담을 넘지 않고 대문을 선택한 것 또한 황궁과 황제에 대한 그들 나름의 존중과 예의였다.

황궁의 대문을 지키는 금의위들은 그걸 전혀 이해하지도, 납득하지 못해서 약간의 불상사가 일어나긴 했지만, 그건 전적으로 그들의 책임이 아닌 것이다.

"음."

사정을 들은 설무백은 나직한 침음을 흘렸다.

그게 다였다.

그의 입장에선 그 어느 쪽의 책임도 아니었다.

그 자신의 책임이었다.

단지 사정을 따져 보면 이번 사태의 근원인 그의 혼절은 아직 그 스스로에게도 의문이었다.

전신의 공력을 활용한 싸움이었던 것도 맞고, 못내 기력이 달렸던 것도 사실이지만, 정신을 잃을 정도는 아니었다.

누구나 다 사력을 다하면 기력이 달린다는 느낌을 받고, 힘겨운 일을 하고 나면 나른해질 정도로 맥이 풀리는 것이 정상이다.

그런데 그는 그 와중에 정신을 잃고 혼절했다.

분명 혼절하기 직전까지도 자신이 정신을 잃을 것이라는 느낌을 전혀 받지 않았는데, 한순간 그렇게 되었다.

말 그대로 불시에 정신을 놓쳐 버린 것이다.

왜일까?

어째서일까?

돌이켜 보면 아무리 막대한 공력이 소모되는 이기어술을 연달아 펼쳤다고는 하나, 이미 대공을 성취한 그가 내공의 부족함을 느꼈다는 것 자체가 이상했다.

지금 그가 그 어느 곳도 이상하거나 부족한 느낌 없이 완전한 상태라는 것도 묘한 일이었다.

정신을 잃을 정도로 심적인 타격을 입었는데, 불과 하루 만에 완전한 정상으로 돌아온 것이다.

'완전한 조화를 이룬 대공을 성취한 것이 아니라는 건가? 아니면 흡성대법인 흡룡력으로 흡수한 마공의 진기를 통제하는데 들어가는 공력이 내 생각보다 더 심각한 수준인 걸까?'

어느 것이든 가능성이 있었다.

과유불급(過猶不及), 과한 것은 모자람만 못하다는 공자님 말씀처럼 내공이 차고 넘치는 바람에 일시적으로 일어난 부작용이라는 가능성도 전혀 배제할 수 없었다.

분명한 것은 틀림없이 언제고 확인이 필요하다는 사실이었다. 그대로 간과했다가는 이번의 경우와 달리 적을 면전에 두고 혼절해 버릴 수도 있었다.

찰나지간 상념에 빠져서 생각을 정리한 설무백은 이내 마음

천외천의
주인

을 다잡고 공야무륵에게 시선을 주며 물었다.

"누가 얼마나 다쳤는데?"

공야무륵이 더는 회피하지 않고 대답했다.

"죽은 사람은 없습니다."

참으로 공야무륵다운 대답이었다.

설무백은 절로 고소를 금치 못하며 다른 방향의 질문을 건넸다.

"그럼 싸움은 어떻게 끝났고, 누가 내게 데려다준 건데?"

공야무륵이 대답했다.

"금의위 위장 하나가 나타나서 싸움을 중재했고, 여기로 안내해 주었습니다."

"금의위 위장 누구?"

"중랑장 공손벽입니다."

설무백은 가만히 고개를 끄덕이다가 문득 웃으며 중얼거렸다.

"호랑이도 제 말하면 온다더니만……."

더 이상 다른 말은 하지 않았으나, 그 순간에 모두의 이목이 뒤로 돌아갔다.

다들 누군가 다가오고 있음을 느낀 것이다.

이윽고, 문밖에서 인기척이 들렸다.

"잠시 들어가도 되겠소?"

설무백은 문가에 서 있는 흑영과 백영에게 시선을 주었다.

흑영과 백영이 손을 내밀어서 문을 열고는 이내 그 자리에서 홀연히 사라졌다.

　본연의 임무를 위해서 암중으로 숨은 것이다.

　문이 열리자 십여 명의 금의위 위사를 거느린 두 사람의 모습이 보였다.

　금의위 대영반 단목진양과 중랑장 공손벽이었다.

　단목진양이 들어오지 않고 문 앞에 바싹 다가서며 말했다.

　"황제 폐하의 전언이오. 깨어났으면 얼굴 좀 보자고 하시오."

　설무백은 사무적인 태도를 넘어서 지극히 무뚝뚝한 단목진양의 말투에 내심 고소를 금치 못했다.

　이런 경우를 많이 당해 본 그였다.

　분명 적의는 아니나 그에 준하는 감정이 느껴졌다.

　시기 또는 질투라는 감정이었다.

　'역시 내가 있을 곳은 아니군.'

　있어 봤자 분란만 초래할 것이다.

　권력자의 측근에서 벌어지는 자들의 시기와 질투는 생각하는 것보다 훨씬 다대해서 그는 감당할 수 없었다.

　감당하기도 싫었다.

　설무백은 마음을 추스르고 일어나며 물었다.

　"나만 부르셨소?"

　단목진양이 대답에 앞서 삐딱하게 바라보았다.

　설무백의 평대가 거슬리는지 은근히 이맛살까지 찌푸리고 있었다.

갈잖은 언행이 기슬려서 매우 불쾌하다는 표정, 아무리 보고 또 봐도 설무백에게 일말의 호감도 없는 모습이었다.

이내 이어진 대답도 그렇듯 무뚝뚝했다.

"내실이 아니나 다 같이 가도 상관없을 거요. 다만……!"

문득 말꼬리를 흐린 그는 은연중에 방 안을 훑어보며 말했다.

"모습을 감추고 따르는 것은 예의에 어긋나는 일이오."

요미나 흑영과 백영을 두고 하는 말일 텐데, 물론 그들의 존재를 파악하고서 하는 말로 보이지는 않았다.

설무백은 시큰둥하게 시치미를 뗐다.

갈 때 가고 떠날 때 떠나더라도 단목진양의 거만한 태도는 꼬집어 주고 싶은 마음이었다.

"여기 우리 말고 더 누구 있다고 생각하는 거요?"

단목진양이 정말 불쾌하다는 듯 노골적으로 인상을 쓰며 말했다.

"지금 누굴 놀리는 거요? 이남일녀, 세 사람이 더 있지 않소!"

설무백은 어디까지나 심드렁하게 물었다.

"지금 그들이 어디에 있소?"

"……!"

단목진양의 얼굴이 당황과 분노로 일그러졌다.

그도 그럴 것이, 그는 황궁으로 들어선 설무백의 일행이 몇명인지 익히 잘 알고 있었고, 그들 중 누구 하나도 밖으로 나가지 않았다는 사실도 이미 보고받았다.

하지만 정작 그들 중 지금 눈에 보이지 않는 이남일녀가, 바로 요미와 흑영, 백영이 어디에 있는지는 모르고 있었다.

그는 그저 어딘가에 은신해 있을 것이라고 유추하는 것이 다일뿐, 그들의 은신법을 파악할 수 있을 정도의 능력은 안 되는 것이다.

분노를 이기지 못한 단목진양이 붉게 달아오른 얼굴로 눈을 치켜뜨며 으르렁거렸다.

"지금 이게 뭐 하는 짓이오?"

설무백은 어디까지나 태연하게 대꾸했다.

"어디 있는지 모르면 없는 거요. 안 그렇소?"

안색을 붉힌 단목진양의 눈빛이 차갑게 가라앉았다.

극단적인 분노와 마주친 사람의 눈빛이었다.

그때 뒤에 서 있던 공손벽이 나섰다.

"저쪽, 그리고 또 한 분은 저쪽에 있구려."

공손벽은 천장의 끝자락인 양쪽 귀퉁이를 손으로 가리키고 있었다.

여기저기 서너 개의 등불이 밝혀져 있는 까닭에 전혀 어둡지 않은 실내에서 그나마 그늘진 천장의 두 곳이었다.

설무백은 못내 이채로운 눈빛으로 공손벽을 바라보며 고개를 끄덕였다.

순간, 공손벽이 가리킨 천장의 두 곳에서 떨어진 짙은 그림자가 바닥으로 내려섰다.

흑영과 백영이었다.

단목진양과 달리 공손벽은 고도의 은신술을 펼치고 있는 그들의 위치를 정확하게 파악한 것이다.

설무백은 어깨를 으쓱하며 인정했다.

"그렇군. 두 사람이 더 있었네."

붉으락푸르락하던 단목진양이 머리끝까지 치밀어 오른 화를 억지로 누르는 표정으로 자못 애절하게 공손벽을 쳐다봤다.

자신은 간파하지 못한 것을 간파한 공손벽에게 적잖은 시기를 느끼는 한편, 그래도 지금 믿을 사람은 그밖에 없으니 노골적으로 기대는 것이다.

실로 울지도 웃지도 못할 상황.

그런데 단목진양의 입장에선 실로 안타깝고 창피하게도 남은 한 사람, 바로 요미의 위치는 공손벽도 파악하지 못한 상태였다.

단목진양이 기대에 찬 눈빛으로 바라보자, 공손벽이 굳은 낯빛으로 고개를 숙였다.

"죄송합니다."

자신의 한계를 인정하는 사과였다.

단목진양의 얼굴이 그야말로 벌레 씹은 표정으로 바뀌었다.

설무백은 그에 아랑곳하지 않고 웃는 낯으로 손을 털며 발길을 재촉했다.

"갑시다. 폐하를 너무 오래 기다리게 하면 어디 쓰겠소."

단목진양은 이 정도 선에서 양보하고 물러나야 했다.

그래야 더는 추한 꼴을 안 당하는 거였다.

하지만 안타깝게도 그는 분위기 파악을 못하고 물러나지 않았다.

사실을 말하자면 그게 당연했다.

그는 다른 곳의 진장으로 있다가 황제의 눈에 띄어서 금의위로 영전한 무장이었다.

더구나 그는 대대로 군부의 장수를 배출한 장군가의 핏줄인지라 자신에 대해서는 상당한 자부심을 가진 데 반해 무림인에 대해서는 일말의 호감도 가지고 있지 않았다.

게다가 그는 설무백의 능력을 매우 과소평가하고 있었다.

그가 눈으로 확인한 설무백의 능력은 자신이 황제를 지키고 있을 때, 쥐도 새도 모르게 단이자를 기습해서 사로잡은 것밖에 없었다.

그의 눈에 들어온 그것은 기회를 잘 잡은 기습이고, 조금 더 박하게 말하면 비겁한 술수에 불과할 뿐, 실력으로 평가할 것도 없는 것이었다.

그리고 결정적으로 그는 설무백이 당금 황제의 의형제라는 사실을 이번에 처음 알게 되었다.

그래서 더욱 그랬다.

그날 이후 설무백이 설인보 장군의 양자라는 얘기도 들었고, 이 사람 저 사람에게 설무백의 엄청난 능력에 대한 얘기도 많이 들었으나, 전혀 인정할 수가 없었다.

뼛속까지 장군가의 핏줄인 그의 타고난 아집이 눈을 가리고 귀를 막았기 때문이다.

오히려 적대감만 생겨났다.

장군가의 후광을 버리고 일개 야인의 길을 가는 설무백의 선택이 그를 분노하게 만들었다.

애써 그 억누르고 있던 그 감정이 지금에 와서 울화가 되어 터져 버린 것이다.

"보자보자 하니까, 누굴 미친년 핫바지로 보나, 대체 지금 이게 무슨 짓이지? 내가 분명 모습을 감추고는 폐하를 만날 수 없다고 하질 않았나! 정녕 내 말이 말 같지 않다는 건가?"

장내의 공기가 싸늘해졌다.

애초부터 설무백을 예의 없이 대하는 단목진양의 태도로 인해 불쾌한 듯한, 분노한 듯한 기류가 흐르고 있었는데, 설무백을 향한 단목진양의 노골적인 질타가 모두의 감정을 싸늘하게 식혀 버린 것이다.

일순 그걸 느낀 설무백이 무심결에 곤란하다는 표정으로 뺨을 긁는 참인데, 역시나 그사이를 못 참고 공야무륵이 나섰다.

"죽일까요?"

단목진양이 분기탱천한 모습으로 도끼눈을 떴다.

"뭐, 뭐라고? 천민 주제에 감히 지금 어디서……!"

"그거 뽑으면……."

설무백은 불쑥 말을 자르고 칼자루를 잡아가는 단목진양의 손을 가리키며 경고했다.

"당신 죽어."

단목진양이 칼날이 조금 비치게 뽑은 칼자루를 잡은 채로 굳어졌다.

가없는 기세가 그의 손은 물론 전신을 억압하고 있었다.

순간적으로 발휘된 설무백의 기세였다.

공손벽은 단목진양과 마찬가지로 딱딱하게 굳어진 모습으로 서 있었다.

그의 경우는 설무백이 발한 기세와 무관했다.

어느새 곁으로 다가선 철각사의 한손이 그의 어깨를 지그시 잡고 있었다.

그리고 그런 그들의 뒤쪽, 문밖의 마당에 대기하고 있던 금의위 위사들도 심상치 않은 분위기에 반응해서 칼을 뽑으며 나서려다가 이내 멈추며 허수아비들처럼 굳어졌다.

유령처럼 홀연히 나타난 흑영과 백영이 삼엄한 기색으로 그들의 앞을 막아섰고, 그 뒤에는 도끼를 뽑아 든 공야무륵이 흉신악살처럼 살벌한 기세를 드러내고 있었다.

"움직이면 다친다, 너희들."

아무도 움직이지 않았다.

설무백은 그런 주변의 변화와 상관없이 특유의 미온한 미소를 입가에 걸고 단목진양에게 다가가며 말했다.

"예의는 상대적인 거야. 상대가 나를 존중해 주지 않는데 내가 상대를 존중해 줄 필요는 없는 거지."

그는 슬며시 내민 손으로 단목진양이 잡고 있는 칼자루를 지그시 눌러서 약간 비치는 칼날을 칼집에 집어넣었다. 그리고 한 발짝 떨어져서 단목진양의 시선을 마주했다.

무심해서 더욱 싸늘하게 느껴지는 그의 눈빛이 단목진양의 폐부를 찔렀다.

단목진양이 긴장을 드러내며 마른침을 삼켰다.

설무백은 자못 부드러운 어조로 다시 말했다.

"그러니까 앞으로는 예의를 지켜. 적어도 내게는. 나는 너 하나쯤 죽였다고 폐하와의 관계가 틀어질 사람이 아니니까."

설무백을 바라보는 단목진양의 눈가에 파르르 경련이 일어났다. 그리고 설무백의 살벌한 눈빛에 기가 질렸는지 어깨도 축 늘어졌다.

이제 더 이상 설무백에게 반항할 엄두를 내지 못하는 모습이었다.

설무백은 그런 단목진양에게 다가서서 어깨를 가볍게 두드리며 다시 말했다.

"이제 그만 갈까?"

단목진양이 슬쩍 그의 시선을 피했다.

그리고 진심인지 아니면 고도의 기만인지는 모르겠으나, 순한 양처럼 조용히 돌아서며 말을 더듬었다.

"따, 따라오시오."

마냥 풀이 죽은 것인지 아니면 못내 반감을 드러내는 것인지는 몰라도, 단목진양이 침묵으로 일관하며 안내한 장소는 크고 작은 세 개의 정원과 여덟 개의 담을 지나서 도착한 전각이었다.

낡고 허름한데다가 빛이 바랜 칙칙한 암녹색이라서 사람의 거처가 아니라 창고이거나 무슨 다른 용도로 사용하는 건물로 보였는데, 사실이 그랬다.

전각은 그저 입구에 지나지 않았고, 전각의 내부에 미로처럼 연결된 복도를 지나서 도착한 계단을 통해 지하로 내려가자, 범종처럼 거대한 향로가 자리한 중앙을 기점으로 원을 그리며 굵은 쇠창살로 구획된 작은 방들이 다닥다닥 붙어 있었다.

바로 지하 감옥이었다.

황제가 거기 있었다.

병풍처럼 서 있는 몇몇 낯익은 얼굴들을 배경으로 거대한 향로의 곁에 마련된 나무 의자에 등을 기대고 앉아 있다가 들어서는 설무백을 보고 벌떡 일어났다.

"왔는가, 아우. 크게 다친 건 아니라는 얘기는 들었지만, 이거 너무 멀쩡한 거 아니야? 혹시 엄살이었던 건가?"

황제는 농까지 건네며 밝은 기색으로 설무백을 맞이했다.

애쓴 노력으로 보였다.

장내의 분위기가 상대적으로 무겁고 칙칙해서 그렇게 느껴졌다.

설무백은 나름 공손함을 유지하며 장단을 맞췄다.

"저도 그걸 모르겠네요. 엄살까지는 아니지만, 심히 피곤해서 쉬고 싶기는 했습니다. 그러던 차에 살아계신 폐하의 얼굴을 마주하니 안심이 되어서 그만 정신줄을 놓쳤나 봅니다."

황제가 호탕하게 웃었다.

"쉬고 싶으면 쉬어야지. 잘한 거네, 그 혼절. 하하하……!"

설무백은 가볍게 따라 웃고는 정식으로 포권의 예를 취했다.

"그간 적조했습니다. 사정이 사정인지라 자주 찾아뵙지 못해서 죄송합니다. 폐하."

황제가 자못 인상을 찌푸렸다.

"어허, 자꾸 폐하 소리를 하네. 내가 우리끼리 있을 때는 편하게 말하라고 아우에게 말하지 않았나."

설무백은 은근슬쩍 황제 뒤에 시립한 사람들의 면면을 훑어보며 어색한 미소를 흘렸다.

"지금은 우리끼리가 아닌 걸요?"

황제가 슬쩍 뒤를 돌아보고는 가만히 웃는 낯으로 고개를 저었다.

"아니, 우리끼리 맞아. 적어도 여기 있는 사람들은 내 생각을 자기 생각으로 아는 사람들이니까."

"그런가요?"

설무백은 바로 되물으며 황제 뒤에 시립한 사람들을 새삼스럽게 훑어보았다.

대략 십여 명이었고, 두 부류로 나뉘는 인물들이었다.

제독동창 조위문과 장형천호 종리매를 위시한 대내무반의 고수들이 절반이고, 나머지 절반은 안면이 없어서 낯설지만 대략 누군지는 짐작이 가는 조정의 대신들이었다.

그들 모두가 예사롭지 않은 눈초리로 그의 시선을 마주하고 있었다.

"그런 것 같기도 하고, 아닌 것 같기도 하고……."

설무백은 농담인지 진담인지 모르게 나직이 중얼거리고는 이내 대놓고 뼈 있는 질문을 건넸다.

"군부의 수장들이 이 자리에 빠진 것은 어떻게 생각해야 하는 겁니까?"

황제가 웃는 낯으로 대답했다.

"확실히 아우야. 아우라면 아무런 거리낌 없이 내게 그런 질문을 던질 줄 알았어."

"그래서 좋다는 거겠죠?"

"그야 물론이지."

"그럼 어서 대답해 주십시오. 왜죠?"

"그건 우형의 뜻이 아니야. 설 장군이 감히 내 청을 거절한

거지. 하여간 부전자전이야. 아니, 이건 자전부전이라고 해야
하나?"

"아버님이요?"

설무백은 예기치 못한 대답에 절로 눈을 멀뚱거리며 재우쳐
물었다.

"무슨 그럴 만한 이유가 있나요?"

황제가 기다렸다는 듯 바로 대답했다.

"뻔하지. 이번 일에 깊이 개입하고 싶지 않은 거지."

"어째서……?"

설무백은 질문을 하고 난 후에야 뇌리를 스치는 무언가가 떠
올랐다.

황제가 그의 표정을 보고 속내를 읽은 듯 빙그레 웃으며 말
했다.

"그래 바로 그거야. 무림이 관여된 일이잖나. 어떤 식으로든
당신 아들이 관여된 일일 수 있으니 스스로 빠진 거야."

설무백은 어색한 미소를 흘렸다.

그러다가 이내 안색을 추스르며 의미심장한 질문을 건넸다.

"그게 다가 아니라는 거 아시죠?"

황제가 쓰게 입맛을 다시며 대답했다.

"알지. 이 우형이 이번 사태를 미리 아우에게 알리지 않은 것
에 대한 일종의 항의라는 거. 대국을 주재할 책임감을 넘어서
는 아버지의 마음이랄까?"

설무백은 내침 김에 그냥 넘어가지 않고 물었다.

"그럼 이제 진짜를 말해 보세요. 대체 왜 그러신 겁니까?"

황제가 난색을 표명했다.

"그냥 넘어가면 안 될까?"

"안 됩니다."

설무백은 사뭇 단호하게 말을 잘랐다.

"사람은 누구나 다 자신만의 비밀을 가지고 삽니다. 아무리 가까운 사이라도 절대 밝힐 수 없는 그런 비밀이 있지요. 저도 그건 인정합니다. 하지만 이번 일은 제가 인정하는 선을 넘었습니다. 형님과의 관계가 틀어지지 않기를 바라는 저로서는 필히 진실을 알아야겠습니다."

이건 일개 범부가 감히 황제를 추궁하는 것으로 보였다. 아니, 정말로 추궁하는 것이었다.

그에 따른 당연한 반응으로 황제의 뒤에 시립한 무장들과 중신들의 얼굴이 심히 불쾌한 표정으로 일그러지고 있었다.

제아무리 호형호제하는 사이라고 해도 그들에게 황제는 어디까지나 황제인 것이다.

황제가 아우로 대우해 주는 것은 그저 감읍하고 황송해할 일이지 진짜로 아우 행세를 하는 것은 정말 가당치 않은 일이었다.

하물며 감히 면전에서 황제를 추궁하다니, 이 무슨 어처구니없는 몰상식이요, 무례한 만행이란 말인가.

하지만 다들 그런 생각을 하는 것이 역력한 표정이면서도 누구 하나 나서는 사람은 없었다.

신하된 입장에서 감히 황제의 대화에 끼어드는 불경을 저지를 수 없을 뿐만 아니라, 설무백의 뒤에 서 있는 금의위 대영반 단목진양이 심각한 표정과 눈빛으로 그들을 바라보며 알게 모르게 고개를 저었기 때문이다.

다만 황제는 단목진양의 눈짓과 태도를 전혀 보지 않았음에도 불구하고 화를 내기는커녕 난감하다 못해 곤혹스러운 표정으로 변해서 설무백을 바라보며 사정하듯 말했다.

"아우가 화내지 않는다고 약속하면 말해 주지."

설무백도 마주 조건을 달았다.

"있는 그대로 솔직하게만 말씀해 주신다고 약속해 주시면 저도 약속하겠습니다."

황제가 힘주어 대답했다.

"약속하지."

설무백도 바로 약속해 주었다.

"예, 저도 약속합니다. 화내지 않겠습니다."

황제가 그제야 웃는 낯으로 거두절미하고 사실을 말했다.

"두 가지 이유가 있었네. 우선 믿을 만한 신하의 부탁을 외면할 수 없었고, 그다음으로 아우님을 적대하는 자의 능력이 어느 정도인지 정말 궁금했네."

설무백은 지금 황제가 말하는 믿을 만한 신하가 누구인지 이미 알고 있었기 때문에 그 점에 대해서는 묵인했다.

우연찮게도 그 주인공이 지금 이 자리에 없으니 나중에 따로 확인해 볼 생각이었다.

그렇지만 사도진악의 능력이 어느 정도인지 궁금했다는 점은 그냥 넘어가기 어려웠다.

너무나도 많은 의미를 내포하는 대답이었다.

"그자의 능력이 왜 그리도 궁금하셨습니까?"

황제가 멋쩍은 미소를 흘리며 대답했다.

"그야 당연히 아우의 능력과 비교해 보고 싶은 마음이 들어서지."

"왜 저와 그자의 능력을 비교하고 싶으셨습니까?"

"그 또한 당연히 아우와 비슷하면 아니, 비슷하진 않아도 어느 정도 능력을 갖춘 자라면 어떻게든 회유해서 곁에 두려는 마음이었지."

"제 적을 곁에 두시려 했다고요?"

설무백은 어처구니가 없다는 듯 오만상을 찡그렸지만, 황제는 그게 무슨 대수냐는 표정으로 미소를 흘렸다.

"적이라는 개념은 지극히 개인적인 관념이지. 아우의 적이라고 해서 딱히 이 우형에게도 적이라는 법은 없지 않은가. 하물며 그자는 아우와 같은 중원인이야. 엄연히 이 우형의 백성이라는 소릴세. 능력이 되면 곁에 두는 것이 마땅한 게야."

설무백은 실소했다.

말이야 옳은지라 반론을 펴기도 애매하고, 실제로 선뜻 떠오르는 말도 없었다.

'그릇의 차이인 건가?'

그는 할 수 없지만 황제가 얼마든지 할 수 있다면 그것 말고는 달리 가져다 붙일 이유가 없었다.

황제는 그와 달리 여차하면 적마저도 능히 포용할 수 있는 그릇인 것이다.

인정하기 어렵지만 인정해야 했다.

그게 아니라, 이게 고도의 기만이라면 지금 그는 이 자리에서 사람을 제대로 보지 못한 자신의 눈을 한탄하며 의형인 황제를 죽여야 하기 때문이다.

'그게 아니기를……! 나보다 큰 그릇이기를……!'

설무백은 못내 속으로 자신의 바람을 되뇌고는 아무렇지도 않게 웃는 낯으로 바라보는 황제를 따라서 미소를 지으며 대화를 이어 나갔다.

"그럼 정작 그 자리에서 그자를 내친 이유는 뭐예요?"

황제가 떨떠름한 표정을 지으며 입맛을 다셨다.

"만나 보니 사람이 너무 대범하질 못해. 분명 독대를 청해 놓고 그리 수하들을 우르르 끌고 오다니, 대범은커녕 너무 심약하잖아. 그때 이미 마음이 떠났어. 이 우형이 누구라고 그런 나약한 사람을 곁에 둘 수 있겠나. 어림 반 푼어치도 없는 일이지."

설무백은 새삼 어이없어했다.

"천하를 다 뒤져도 사도진악을 심약하고 나약한 사람이라고 평가하는 사람은 형님밖에 없을 겁니다."

황제가 새삼 넉살좋게 웃으며 놀리듯이 물었다.

"그래서 이제 화가 좀 풀리셨나, 아우님?"

설무백은 어깨를 으쓱하며 대답했다.

"저야 화낼 것도 없고, 실제로 화가 난 것도 아니라 풀 것도 없지만, 아버님은 좀 다를 겁니다. 보기보다 훨씬 더 섬세하신 분이라 아닌 걸 아니라고 얘기해 줘도 아니라고 인정하기까지 꽤나 오랜 시간이 걸리시거든요."

"하긴, 설 장군이 그런 분이긴 하지."

황제가 멋쩍은 표정으로 수긍하다가 이내 눈을 빛내며 재우쳐 물었다.

"혹시 아우가 사는 무림의 인물과 관계된 일이라 나서지 않고 빠지겠다고 선언한 이면에 나와 아우의 관계가 이번 일로 인해 틀어질 수도 있겠다는 생각도 있을까?"

설무백은 그게 당연한 것 아니냐는 표정으로 황제를 바라보며 대답했다.

"그런 생각이 없었다면 그게 오히려 이상한 일일 겁니다. 보기보다 훨씬 더 섬세한 분이시라니까요."

"휴……!"

황제가 짧은 한숨을 내쉬며 기대에 찬 눈빛으로 설무백을 바라보았다.

설무백은 냉정하게 외면했다.

"제가 나설 일이 아닙니다. 당신의 고민을 아들에게 전파하는 분이 아닌지라, 제가 이 사실을 알고 있다는 것 자체를 싫어하실 겁니다. 형님이 알아서 하세요."

황제가 자못 흘겨보며 투덜거렸다.

"야박하게 굴긴……!"

설무백은 그에 아랑곳하지 않고 측면의 철창 앞으로 자리를 옮기며 말했다.

"대신 이 일은 제가 처리해 드리죠."

지금 그들의 대화를 나누는 지하 감옥은 거의 다가 텅텅 비어 있었으나, 설무백이 다가선 방향에만 사람들이 감금되어 있었다.

설무백을 기점으로 좌측에는 팔다리가 떨어지거나 머리가 비정상적으로 꺾여서 꿈틀대고 있는 네 구의 강시들이 널브러져 있었고, 우측에는 차례대로 피와 땀으로 범벅이라 거지꼴인 비연검룡 마천휘와 두 눈이 퀭하게 그늘질 정도로 초췌한 몰골의 천산금마 단이자가 주저앉아 있었다.

설무백은 강시들과 마천휘를 새삼 확인하고는 슬쩍 고개를 돌려서 황제를 다시 보며 확인했다.

"이자들을 어떻게 처리해야 좋을지 몰라서 저를 부른 거 맞죠?"

황제가 어색한 표정으로 어깨를 으쓱이며 인정했다.

"뭐, 대충 그렇지."

설무백은 기다렸다는 듯이 바로 말했다.

"그럼 저도 부탁이 있습니다."

"무슨 부탁……?"

"저들에 대한 처리를 제게 전적으로 일임해 주십시오."

황제가 그리 어려운 일이 아니라는 듯 바로 승낙했다.

"그러지. 저들의 처리는 전적으로 아우에게 일임하겠네."

"감사합니다."

설무백은 웃는 낯으로 짧게 고마움을 표시하고는 곧바로 마천휘가 감금되어 있는 감옥의 철창문을 열었다.

철컹-!

감옥의 철창문은 어른 손바닥보다 큰 자물쇠로 잠겨 있었고, 굵은 쇠사슬까지 감겨 있었다.

그러나 설무백이 슬쩍 당기자, 자물쇠는 박살 나고 팔뚝 굵기의 쇠사슬은 엿가락처럼 늘어져서 끊어지며 스르르 철창문이 열렸다.

설무백은 그렇듯 별반 무리 없이 철창문을 열고 감옥 안으로 들어가서 마천휘의 마혈을 풀어 주며 말했다.

"가라. 그리고 세 번의 기회는 없다는 걸 명심하고, 다시는 내 앞에 적으로 나타나지 마라."

마천휘가 정말이지 모르겠다는 표정으로 물었다.

"왜 내게 이런 호의를 베푸는 것이오?"

"호의가 아니라 기대야."

설무백은 무심하게 잘라 말했다.

"무슨 기대인지는 네 스스로에게 물어봐."

호사다마好事多魔 (1)

마천휘는 실로 깊은 상념에 빠진 모습으로 무거운 발걸음을 옮겨서 자리를 떠났다.

장내의 모두가 실로 이해할 수 없다는 표정으로 설무백을 바라보았다.

하다못해 설무백의 동료들조차도 어리둥절한 기색이었다.

그러나 다들 눈치만 보고 있을 뿐, 나서는 사람은 없었다.

황제가 침묵하고 있는데, 감히 누가 나설 수 있을 것인가.

다만 와중에 동창의 외람첩형 곽승이 나서며 황제께 청했다.

"괜한 소란이 일어날 수 있으니, 황궁을 벗어날 때까지는 뒤를 봐주고 오겠습니다."

황제가 바로 허락하지 않고 설무백을 바라보았다.

이해하기 어렵다는 표정을 짓고 있으면서도 설무백의 의견을 묻는 것이다.

설무백은 가볍게 웃으며 어깨를 으쓱했다.

"그 정도로 멍청한 자는 아니지만, 만일의 사태라는 것도 있으니, 나쁘지 않은 생각입니다."

황제가 그제야 고개를 끄덕이는 것으로 곽승의 청을 수락했다.

그리고 곽승이 서둘러 자리를 떠나자, 어색한 미소를 흘리며 억누르고 있던 의문을 드러냈다.

"다 처리하고 나면 물어볼 생각인데, 너무 궁금해서 안 되겠군. 대체 저자를 풀어 준 이유가 뭐지?"

설무백은 생각하는 그대로 솔직하게 대답했다.

"삐뚤어진 사부 아래서도 제법 광명정대한 성격을 기른 흑도라 한 번 더 기회를 주고 싶었습니다. 그런 자는 죽는 것보다 살아 있는 게 여러모로 제게 도움이 되거든요."

"하긴, 진창에서도 꽃은 피는 법이지. 꽃은 대체로 불필요한 경우가 없는 법이기도 하고."

황제가 나름의 생각으로 어느 정도 납득하고는 마천휘의 옆 감옥에 가둬진 초췌한 몰골의 단이자에게 시선을 던졌다.

"그럼 저자의 처리는?"

설무백은 슬쩍 철창 안의 단이자를 일별하며 말했다.

"조금 흉한 모습을 볼 수도 있는데, 괜찮겠습니까?"

황제가 어깨를 으쓱이며 웃었다.

"이래 봬도 강심장이니까 걱정하지 마."

설무백은 여부가 있겠냐는 듯 미소로 화답하고는 단이자가 가금되어 있는 감옥의 철창문을 열고 안으로 들어갔다.

이번에도 힘들이지 않은 듯한 그의 완력 아래 철창의 자물쇠와 쇠스랑은 힘없이 부서지고, 엿가락처럼 끊어져 나갔다.

단이자가 피가 나도록 입술을 깨물며 잡아먹을 듯한 눈빛으로 설무백을 노려보았다.

모순적이게도 그토록 흉포해 보이는 그의 눈빛의 이면에는 일말의 기대감도 있었다.

혹시나 마천휘를 풀어 준 것처럼 자신도 풀어 주는 것이 아닌가 하는 기대의 빛이었다.

설무백은 그런 그의 면전에 쪼그리고 앉아서 시선을 맞추며 말했다.

"분하지? 억울하지? 마냥 비겁한 술수에 당한 것 같지?"

단이자가 이를 갈았다.

"지금 나를 같잖은 암습에 당했다고 조롱하는 것이냐?"

설무백은 픽, 하고 웃으며 고개를 저었다.

"아니, 진실을 말해 주려는 거야. 당신이 왜 그리도 내게 속절없이 당했는지 말이야."

"……?"

"당신이 마공을 익혔기 때문이다."

단이자가 싸늘한 냉소를 날렸다.

"지금 무슨 그런 말도 안 되는 개소리를 지껄이는 게냐?"

설무백은 무색해진 표정으로 입맛을 다셨다.

말해 줘도 모르면 그만이었다.

굳이 세세하게 설명해 줄 이유가 없고, 그러고 싶지도 않았다.

"됐고. 당신은 여기서 내 손에 죽을 거야. 그러니 가는 마당에 하나만 제대로 대답해 주라. 천산파가 손을 잡은 게 누구야? 마교총단의 실권을 잡은 이공자 악초군이야, 아니면 거란족의 황금 핏줄인 야율가의 직계인 칠공자 야율적봉이야?"

"……!"

단이자의 안색이 굳어졌다.

설무백은 그 눈치를 보며 바로 다시 물었다.

"설마 아직도 그들 사이에서 눈치를 보고 있는 건가?"

단이자가 싸늘해진 눈빛으로 설무백을 쏘아보며 냉소를 날렸다.

"미친놈!"

설무백은 묵묵히 고개를 끄덕이며 특유의 미온한 미소를 지어 보였다. 마지막 질문을 듣고 필요 이상의 격한 반응을 보이는 단이자의 태도가 그의 입가에 미소를 불렀다.

"천하십대고수의 한자리를 차지한 천산금마의 절기인 단월

금강도(斷月金罡刀)를 직접 견식하지 못한 것은 정말 아쉽네."

설무백은 나직한 뇌까림과 함께 손을 내밀어서 단이자의 얼굴을, 정확히는 이마를 덮었다.

엄지과 약지가 양쪽 관자놀이를 누르고, 검지와 중지, 무명지가 단이자의 머리 중앙, 정수리를 감싸고 있었다.

순간!

"헉!"

소스라치게 놀란 단이자가 반사적으로 두 손을 내밀어서 설무백의 손목을 부여잡았다.

하지만 그건 실로 아무런 기력이 담기지 않은, 그야말로 무의미한 최후의 몸부림이었다.

설무백의 손바닥이 이마를 감싸는 순간, 그는 한순간에 수십년의 세월을 맞이하는 사람처럼 빠르게 시들었고, 이내 앙상한 나뭇가지처럼 뼈와 해골이 드러난 목내이(木乃伊 : 미라)로 변해서 축 늘어졌다.

절대무이의 흡성대법인 흡룡력의 무지하고 상스러우며 포악한 신위였다.

"……!"

장내에 죽음과도 같은 고요가 내려앉았다.

모두가 할 말을 잃은 표정으로 굳어져 있었다.

그와 같은 광경을 생전 처음 목도하는 황제 등은 말할 것도 없고, 이미 견식(見識)한 적이 있는 공야무륵과 혈뇌사야 등도 새삼 놀라며 경이로워하는 모습이었다.

설무백은 그 속에서 혼자 움직였다.

아무렇지도 않게 손을 털고 일어나서 철창 밖으로 나왔다.

황제가 그 순간에 정신을 추스르며 뇌까렸다.

"실로 괴이한 무공이군."

설무백은 대수롭지 않게 말을 받았다.

"마공입니다. 마공 중에서도 더 없이 사악한 마공이지요."

"……!"

황제의 안색이 변했다.

설무백은 슬쩍 그 반응을 쳐다보며 불쑥 짓궂게 물었다.

"겁나죠?"

황제가 멋쩍은 기색으로 턱을 주억거렸다.

"확실히 조금 겁이 나는군. 아니, 겁이 난다기보다는 걱정이 된달까?"

설무백은 웃었다.

"걱정하지 마세요. 좋은 약도 심하게 쓰면 독이 되는 것처럼 독도 적당히 쓰면 약이 되는 거 아니겠습니까. 마공이든 사공이든 무공은 일개 도구에 지나지 않습니다. 누가 쓰느냐에 따라 달라지는 겁니다."

황제가 웃는 낯으로 고개를 끄덕이며 설무백의 의견에 동의했다.

"그렇지. 아우의 말이 백 번, 천 번 옳아."

그리고 재우쳐 걱정했다.

"그래서 그래. 그런 무지막지한 마공이 적의 손에 들어간다거나 혹은 이미 가지고 있을지도 모른다고 생각하니 정말 끔찍해서 말이야."

설무백은 따라 웃으며 가슴을 두드렸다.

"그것도 걱정 마세요. 제가 있지 않습니까. 전에 말씀드렸다시피 무림의 일은 제가 처리합니다."

황제가 흐뭇한 미소를 지었다.

"그것 참 다시 들어도 마음이 든든해지는군그래."

설무백은 그제야 신형을 돌려서 사지가 떨어지거나 목이 돌아간 강시들이 꿈틀대고 있는 감옥의 철창으로 다가섰다.

동창의 내림첩형 당소기가 후다닥 나서서 철창문의 자물쇠를 열고 감겨 있는 쇠스랑을 거두며 눈총을 주었다.

"비싼 겁니다!"

"아, 미안……!"

설무백은 계면쩍은 표정으로 사과하고는 당소기가 열어 주는 철창문 안으로 들어가서 바닥에 널브러진 강시들을 살펴보았다.

팔다리가 떨어지고, 목이 돌아가거나 꺾어진 상태로도 아직 죽지 않고 꿈틀거리는 강시들의 몸에는 싸움이 아닌 모종의 방법에 의해서 새겨진 상처들이 남아 있었다.

완력으로 이런저런 시험을 해 본 흔적과 각종 약물이 뿌려진 흔적이었다.

"뭐 좀 알아낸 게 있었나요?"

설무백이 보다 세심하게 강시들의 상태를 살피며 묻자, 황제가 쓴 미소를 지으며 숨김없이 대답했다.

"황궁의 태의원(太醫院)과 어약방(御藥房)의 의원들을 총동원했음에도 불구하고 제대로 밝혀낸 것이 없네. 그냥 특수하게 제조된 강시라는 게 다야. 오히려 의술과는 거리가 먼 내각대학사 공손수(公孫秀)가 더 많은 것을 알아냈지."

황제의 시선이 뒤쪽에 시립해 있는 동창의 젊은 위사에게 시선을 주며 계속 말했다.

"과거 사이한 강시술로 세상을 어지럽히던 마교의 일맥인 생사교의 강시대법에 의해 탄생한 괴물들 같다고 하더군. 십인혈목, 백인혈철, 만인혈금, 금십혈천이라고 불리는 극악의 대법이라지 아마?"

문관답지 않게 부리부리한 호목을 가진 노인인 내각대학사 공손수가 깊이 고개를 숙이며 황제의 말을 받았다.

"예, 그렇습니다, 폐하. 인즉심의 대법이라고 해서 피를 머금은 사람의 심장을, 그것도 어린 동남동녀의 심장을 얼마나 소모하느냐에 따라서 강시의 능력이 달라지는 대법이지요."

설무백은 이채로운 눈빛으로 공손수를 바라보았다.

강시대법에 대한 지식이 이처럼 해박한 사람은 흔치 않았다.

하물며 상대는 무림이 아니라 황궁의 인물이었다.

실로 이채로운 일이 아닐 수 없었다.

'공손 씨라……?'

설무백은 문득 내각대학사 공손수가 금의위 중랑장 공손벽과 같은 성이라는 것이 뇌리를 스쳤다.

공손벽이 그렇듯 공손수도 이번에 새롭게 중용된 인물이었다. 그들의 관계가 자못 궁금해졌다.

문득 그런 생각이 들어서 공손수와 공손벽을 번갈아 쳐다보는 설무백의 귓가로 어딘지 모르게 계면쩍게 느껴지는 황제의 목소리가 들려왔다.

"아우라면 바로 알 테니, 미리 자백하도록 하지. 사실 그것들이 바로 아우를 이곳으로 부른 진짜 이유야. 다른 자들이야 주리를 틀든 목을 베든 그만이지만, 저 괴물들은 정말 확실하게 처리하고 싶어서 아우를 부른 거지."

황제는 있는 대로 오만상을 찡그리고 소리가 나도록 쩝쩝 입맛을 다시며 말을 끝맺었다.

"뭐랄까……? 계륵(鷄肋) 같다고나 할까? 확실하게 파악하지 않고 그냥 태워 버리기에는 정말 아깝다는 느낌이 드는 물건들이란 말이지."

설무백은 황제의 심정을 충분히 이해할 수 있었다.

또한 그 이면에 자리한 두려움도 확실하게 느껴졌다.

미지에 대한 두려움이었다.

아는 것은 강한 것을 알아야 두렵지만, 모르는 것은 강약과 무관하게 무조건 경계하게 되는 것이다.

　황제의 입장에선 마교든 누구든 자신의 적들이 이처럼 무시무시한 강시를 마치 좌판에서 풀빵이나 혹은 빙당호로를 찍어 내듯 마구 만들어 낼 수 있다고 가정하면 실로 두렵기 짝이 없을 터였다.

　하지만 지금 황제는 위치와 자리의 무게를 감내하느라 최대한 자신의 감정을 드러내지 않고 있는 것이다.

　설무백은 실로 인간적인 황제의 그 모습이 못내 애틋하면서도 안쓰러웠으나, 달리 도와줄 수 있는 방법이 없었다.

　마교의 강시대법은 아직 그에게도 미지의 영역이었다. 게다가 다른 한편으로 그가 마교의 강시대법을 완전히 파악하고 실현할 수 있다고 해서 그걸 황제에게 알려 줄 수는 없었다.

　그건 또 따른 금단의 열매를 따는 것처럼 새로운 폐해와 악재를 부를 수 있는 일이었다. 손에 칼이 쥐어지면 당연히 휘둘러보고 싶어지는 것이 인지상정, 변할 수 없는 사람의 마음이라고 그는 생각했기 때문이다.

　그러나 황제에게 미지의 존재에 대한 두려움을 안고 가게 하는 것은 좋지 않았다.

　앞으로 마주할 싸움에 전혀 도움이 되지 않을 뿐더러 심각한 악재로 작용할 요지도 다분했다.

　내심 마음을 다잡은 설무백은 바로 한무릎을 꿇고 자리에 앉았다. 그리고 손을 내밀어서 바닥에 널브러진 강시들을 하나씩

차례대로 쓰다듬기 시작했다.

그간 그 자신도 반신반의하는 생각을 실천에 옮기는 것이다.

바로 강시를 대상으로 펼치는 흡룡력이었다.

츠스스스스─!

설무백의 행동을 기이하게 느낀 장내의 모두가 침묵하는 가운데, 뱀이 모래바닥을 지나가는 것 같은 기묘한 소음이 일어났다.

잔잔하던 공기가 파문을 일으키며 설무백을 중심으로 어지럽게 흔들리고 있었다.

그간 반신반의하고 있던 그의 생각이 성공하는 순간이었다.

강시들의 몸에 잔존해 있던 진기가 설무백의 손으로 흡수되며, 꿈틀거리던 강시들이 차례대로 늘어지고 있었다.

"휴우……!"

모든 강시들을 순식간에 잠재운 설무백은 이내 긴 호흡으로 심신을 가다듬고 나서 빙그레 웃는 낯으로 황제를 향해 말했다.

"대단한 물건이긴 하지만 그리 걱정할 만한 물건도 아닙니다. 만들 수는 없어도 보다시피 잠재우는 건 쉬우니까요."

황제는 실로 어처구니가 없다는 표정으로 설무백을 바라보았다.

장내의 모두가 그와 같은 눈빛으로 설무백을 바라보고 있었다.

설무백은 애써 무심한 태도를 견지하고 슬쩍 손을 터는 것으로 분위기를 전환하며 말문을 돌렸다.

"그나저나, 어제 그 자리를 만든 주역은 지금 어디에 있나요?"

설무백이 말하는 주역은 바로 작금의 황궁에서 내각을 구성하는 인물에 속하는 호부시랑 엄자성이었다.

엄자성은 황제가 북경으로 천도한 이후 새롭게 구성한 내각에 등용한 인재 중 하나로, 이제 고작 약관의 나이에 불과해서 처음에는 과거 내각수보를 역임한 내각대학사 엄정의 손자라는 가문의 후광에 힘입어 황제의 눈에 들었을 뿐이나, 나중에는 새로운 내각에서 발군의 역량을 발휘하며 신진관료들의 수장으로 입지를 다져서 황제의 인정을 받고, 총애까지 얻은 인물인 것이다.

그러므로 엄자성은 금불사의 만남이 어그러지고 급기야 싸움으로 변해 그 자리에서 감히 황제를 노리다가 생포당한 자들을 신문하는 자리에 절대로 빠지지 말아야 했다.

비록 대외적으로 비밀스럽게 마련된 자리이기는 하나, 황제가 직접 나서서 역도들을 국문(鞫問 : 황제의 제가를 얻어서 시행하는 고신(拷訊)·고문(拷問)·형문(刑問)이 포함된 신문)하는 자리인데다가, 내각에서 가진 위치나 비중과는 무관하게 금불사에서 이루어진 황제와 사도진악의 만남을 주선한 사람이 바로 그였기 때문이다.

그러나 엄자성은 황제가 나선 국문 자리에 나서지 않았다.

황제를 수행하고 나선 금불사에서 상처를 입는 바람에 몸져 누웠다는 전갈이 있었다고 했다.

"거짓이나 기망은 아닐 게야. 이번 일로 엄 시랑에게 돌아갈 죄과는 하등 없으니 말이야. 그자, 사도진악의 제안을 거부한 것도 나고, 그 자리를 파탄 내 버린 것도 내 결정이었으니까."

황제의 생각은 그랬으나, 설무백은 생각은 달랐다.

이유 여하를 막론하고 거짓이고 기망이라는 판단이었다.

그리고 그런 설무백의 판단은 정확했다.

설무백과 황제가 얘기를 주고받고 있던 그 시각, 당사자인 엄자성은 궁성밖에 있는 자택의 지하에서 멀쩡한 모습으로 다른 사람을 신문하고 있었다.

아니, 정확히는 신문이 아니라 고문이었다.

쇠사슬과 족쇄에 사지가 묶여서 벽에 매달린 사람에게 매순간 몽둥이질이 가해지며, 시시때때로 손톱과 발톱이 뽑히고, 허벅지의 살이 저며져서 굵은 소금으로 문질러지는 고통이 가해지는 것을 신문이라고 볼 수는 없을 터였다.

하지만 그럼에도 불구하고 고문을 당하는 사람은, 바로 전 사례감의 장인태감 정정보는 여전히 기가 죽지 않았다.

고통이 한계를 넘어서 무감각해지고 무감동해지는 경지에 이른 것일까?

엄지발톱이 철 집게에 잡혀서 천천히 뽑혀지는 와중에도 정정보는 더 이상 신음조차 흘리지 않았다.

그저 힘들고 괴롭다는 표정으로 한숨을 내쉬며, 무감동한 눈빛으로 엄자성을 바라볼 뿐이었다.

쩌억―!

나직하나 더 없이 섬뜩한 소음을 동반하며 정정보의 엄지발톱이 완전히 뽑혀서 살점과 함께 떨어졌다.

엄자성의 눈가에 경련이 일어났다.

정정보가 느껴야 할 고통이 그에게 전가된 것 같은 모습이었다.

그는 애써 웃으며 씹어뱉듯 말했다.

"잘 참는구나. 그래, 죽을 때까지 그렇게 참아야 할 거다."

정정보가 그런 엄자성을 지그시 바라보며 미소를 지었다.

황궁의 지하 감옥에 가두어져 있다가 누군가의 손에 이곳으로 끌려온 이후 처음으로 보이는 웃음이었다.

엄자성이 눈썹을 꿈틀했다.

"아직 견딜 만한가 보군. 그렇다면 수위를 더 높여야지."

그의 손이 옆에 놓인 화로에 담겨 있는 인두를, 정확히는 쇠꼬챙이를 잡아 뽑았다.

쇠꼬챙이의 끝은 시뻘겋게 달구어져 있었다.

"육체가 느끼는 고통과 달리 보는 고통은 눈 하나로 충분하겠지?"

붉게 달아오른 쇠꼬챙이의 끝이 정정보의 한쪽 눈으로 향했다. 고통을 충분히 즐기라는 듯 천천히 움직였다.

두려움이나 공포의 반응을 기대했다면 실망일 것이다.

정정보가 태연하게 바라보며 말했다.

"아무리 봐도 네놈은 나와 같은 부류구나."

엄자성은 코웃음을 쳤다.

"그냥 빨리 죽고 싶어서 나를 격동시키려는 거냐? 격장지계(激將之計), 뭐 그런 거? 내가 이따위 도발에 넘어갈 거라고 생각하다니, 날 너무 우습게 보는 거 아냐?"

정정보가 아랑곳하지 않고 물었다.

"너와 내가 다른 게 뭐냐?"

"무슨 그런 개소리를……!"

엄자성이 그냥 넘어가려는 듯하다가 이내 참지 못하고 눈을 치켜뜨며 부르짖었다.

"당연히 아주 많이 다르지! 네놈은 자기 배를 불리기 위해 수많은 충신들을 모함해서 형장의 이슬로 만든 역적이지만, 나는 그런 네놈의 죄과를 심판하려는 충신의 아들이자, 올곧은 신하니까."

정정보가 웃었다. 비웃음이었다.

"충신의 아들? 올곧은 신하? 지랄하고 자빠졌네! 사사로운 복수를 위해 받들어 모시는 황제마저 기망한 주제에 그따위 말을 잘도 하는구나! 이제 보니 넌 나보다 더한 놈이구나?"

엄자성이 발끈했다.

"내가 언제 황제 폐하를 기망했다고……!"

정정보가 자못 음충맞은 기소를 흘리며 말을 잘랐다.

"나는 황제의 명령 아래 낼모레면 형장에 나설 몸이시다. 그런 나를 남몰래 흉계를 꾸며서 여기로 납치한 놈이 황제를 기망한 것이 아니면 대체 뭐라는 거냐?"

"……!"

엄자성이 잠시 머뭇거리다가 이내 언성을 높였다.

"네놈을 역사 앞에 올바르게 심판하기 위함이다!"

"하하하……!"

정정보가 보란 듯이 박장대소하다가 울컥 피를 토했다. 그러고도 그는 웃음기가 사라지지 않은 얼굴로 엄자성을 바라보며 말했다.

"그게 기망인 거다, 이 멍청한 놈아! 어디 그뿐이냐? 적어도 나는 두 하늘을 섬기지 않았다. 그런데 네놈은 어떠냐? 그 잘난 네 조부와 아비는 선왕만을 섬겼으니 그러려니 하겠다만, 지금의 너는 대체 뭐란 말이냐? 선왕을 저버리고 나라와 조정을 뒤엎은 역신을 황제로 모시고 있지 않느냐?"

"……!"

"그런데 그 황제마저 기망하고 있으니…… 쯔쯔……!"

정정보가 실로 같잖다는 듯이 웃으며 혀를 찼다.

두 눈이 붉게 달아오른 엄자성의 이마에 핏대가 섰다.

그의 손이 절로 뻗어져서 시뻘건 쇠꼬챙이가 정정보의 왼쪽 눈을 파고들었다.

치이익-!

섬뜩한 소음이 울리며 허연 연기가 피어났다.

맞기 괴로운 냄새가 장내에 퍼지는 가운데, 정정보가 부르르 경련을 일으키며 처음으로 신음을 흘려냈다.

"으……!"

그러나 잠시였다.

울컥한 마음에 손을 썼던 엄자성이 스스로 놀라서 인두를 뽑아내자, 곧바로 신음을 삼킨 정정보가 다시금 신랄하게 비판했다.

"나는 선대 황제 폐하의 명령을 받들어서 전 황제 폐하를 섬겼다! 그런데 너는 어땠느냐? 새로운 황제를 섬겼다! 왜? 복수를 할 수 있다는 미명 아래!"

엄자성이 악을 썼다.

"닥쳐!"

정정보가 계속 다그쳤다.

"네놈이 나와 뭐가 다르냐? 한 황제를 섬긴 내가 역신을 섬기는 너보다 오히려 낫다고 생각하지 않느냐?"

"닥쳐!"

"청백리(淸白吏)든 탐관오리(貪官汚吏)든 모든 권력은 황제의 총애에서 나오는 법이다. 결국 청백리가 행하는 일이나 탐관오리가 행하는 일이나 황제의 허락이 우선이라는 뜻이다."

"닥쳐……!"

"네 조부가 삭탈관직 후에 체벌의 후유증으로 죽고, 네 아비마저 화병으로 죽은 것은 실로 안 됐다만, 너는 정말 그게 내 탓이라고 생각하느냐? 진심으로 황제는 그 모든 문제에서 자유롭다고 생각해?"

"……."

"솔직히 두려운 거지, 거기까지 건드리는 건? 안 그래?"

"……."

"그래서 너는 나보다 더한 놈이라는 거다. 나보다 더 철저한 기회주의자인 거지. 흐흐흐……!"

정정보의 음충맞은 기소가 실내에 메아리쳤다.

불안하게 흔들리는 눈동자로 정정보를 바라보던 엄자성이 한순간 수중의 쇠꼬챙이를 힘껏 뻗어 냈다.

쇠꼬챙이의 끝은 이미 식어서 그리 뜨겁지 않았으나, 여전히 송곳처럼 날카로웠다.

또한 방향도 치명적이었다.

아래에서 위로 향하는 비스듬한 사선으로 정정보의 명치를 파고든 쇠꼬챙이는 여지없이 폐부를 파고들어갔다.

"끄으……!"

정정보가 듣기 거북한 신음을 흘렸다.

그런 그의 입에서 붉은 핏물이 흘러넘쳤다.

엄자성이 그제야 자신의 실태를 깨달은 듯 당황한 모습으로 쇠꼬챙이를 놓고 물러났다.

정정보가 꾸역꾸역 피를 토하면서도 그런 엄자성을 바라보며 미소를 지었다.

"흐흐, 어떠냐? 너무 우습게 본다, 어쩐다 하면서 오만방자하게 굴더니, 결국 격장지계에 넘어간 소감이?"

"······!"

"세상은 이런 거다, 애송아. 생각할 수 있는 것 이상으로 단순하면서도 이해할 수 있는 것 이상으로 복잡해서 뜻대로 되는 일이 별로 없단다. 흐흐흐······!"

엄자성은 정정보의 비웃음을 참지 못하고 이를 악물며 저주를 퍼부었다.

"네놈의 목을 베어서 돼지먹이로 던져 줄 거다! 살점이 다 발라진 다음에도 절대 빼내지 않고 돼지우리에서 썩어 가게 만들거다!"

정정보가 핏기 하나 없이 창백한 안색으로도 웃음을 보이며 대꾸했다.

"그러든지······ 우리네 환관의 힘은 다른 누구보다도 더 황제의 총애에서 나오는 법이라 다음 대 황제를 제대로 선택하지 못한 내게 돌아올 것은 어차피 죽음밖에 없었다. 이미 일인지하, 만인지상의 권좌에 앉아서 온갖 권력을 휘두르는 인생을 살아 봤는데, 이제 와서 무엇을 더 바라겠나. 죽으면 그만인 거다. 아쉬울 것 없다."

"익!"

엄자성이 분노한 기색으로 정정보에게 달려들었다. 그러다가 이내 힘없이 멈추었다.

비웃듯이 그를 바라보던 정정보의 얼굴이 툭하고 옆으로 기울어졌기 때문이다. 그대로 죽은 것이다.

"……."

엄자성은 실로 허탈한 마음이 되어서 그대로 풀썩 주저앉았다.

실로 바라마지 않던 복수를 완수했음에도 불구하고 후련하거나 통쾌한 마음이 조금도 없었다.

그저 멍하니 정신이 나간 듯하고, 오히려 가슴이 무언가로 꽉 막혀 버린 기분이었다.

그때 그런 그의 곁에 한 사람이 유령처럼 홀연한 모습으로 나타났다. 보석이 불빛을 받아 빛나는 듯한 눈빛을 드러낸 은발사내, 바로 설무백이었다.

엄자성은 불시에 귀신처럼 나타난 설무백을 보고도 놀라거나 당황하지 않았다.

그저 슬쩍 고개를 돌려서 설무백을 확인하고는 어딘지 모르게 허탈해 보이는 미소를 흘렸다.

이 시점에 누가 찾아온다면 아마도 설무백일 거라고 이미 예상한 듯한 태도였다.

설무백은 그런 엄자성을 무심하게 바라보며 무감동한 목소리로 물었다.

"어차피 낼모레면 형장의 이슬로 사라진 목숨을 왜 굳이 데려다가 죽인 건가?"

엄자성이 솔직하게 대답했다.

"그렇듯 쉽고 간단히 죽게 하고 싶지 않았소."

설무백은 죽은 정정보의 상태를 살펴보다가 납득한 표정으로 고개를 끄덕이며 물었다.

"그래, 이제 속이 좀 시원해졌나?"

엄자성이 맥 빠진 목소리로 대답했다.

"아니, 그렇지 않소. 아버지가 눈앞에서 화병으로 쓰러져서 돌아가시는 것을 봤을 때보다 더 분하고 답답해졌소."

설무백은 돌아서서 엄자성을 마주하며 말꼬리를 잡았다.

"어째서?"

엄자성이 잠시 뜸을 들이다가 힘겹게 고개를 저었다.

"나도 잘 모르겠소."

설무백은 무심하게 채근했다.

"몰라도 말해 봐."

엄자성이 다시금 뜸을 들이다가 말했다.

"그땐 무슨 짓을 해도 복수를 해야겠다고 마음먹었소. 나중에 무슨 욕을 먹더라도, 어떤 천벌을 받게 되더라도 상관없다고 생각했소. 속이 시원해지거나 통쾌해지기 위해서가 아니라, 안 그러면 그냥 내가 죽을 것 같았소. 근데…… 그런데…….''

그는 힘겹게 말을 덧붙였다.

"지금도 그때와 같은 기분이오. 그자의 말을 듣고 보니, 과연 나도 그자와 별반 다를 게 없다는 생각이 들어서 정말 참담하구려."

설무백은 엄자성의 곁으로 가까이 다가가서 빤히 바라보며 물었다.

"정말 그래?"

엄자성이 힘없이 고개를 숙이며 대답했다.

"그렇소. 이제 뭘 어떻게 해야 하는 건지 모르겠소."

설무백은 고개를 돌려서 죽은 정정보를 바라보며 말했다.

"그게 악인이든 선인이든 한 시대를 풍미한 인간은 그만한 능력이 있다는 뜻이지. 하지만 죽음을 맞이하는 순간까지도 자기도취에 빠져서 자기기만을 벗어나지 못하다니, 정말 대단하군. 인간의 추잡하고, 추악한 욕심의 단면을 이렇게 여실히 보여 주다니 말이야."

말을 하는 와중에 그는 슬쩍 손을 내밀어서 정정보의 목을 그었다.

손이 닿은 것이 아니라 그냥 지근거리에서 긋는 시늉만 했는데, 정정보의 목이 반듯하게 베어졌다.

이미 죽은 사람이라 피가 뿜어지지는 않았다.

그저 피가 비치며 머리가 바닥으로 떨어져 굴렀다.

그는 바닥에 떨어진 정정보의 머리를 향해 다시 손을 내밀었다.

제법 멀찍이 굴러간 정정보의 머리가 스스로 날아와서 그의 수중에 들어갔다. 고도의 허공섭물이었다.

그는 그제야 돌아서며 말했다.

"그러니 이런 자의 괴변에 놀아났다고 해서 너무 그리 자책할 필요 없어. 아니, 오히려 기뻐해라. 그런 인간적인 모습 때문에 내 손에 죽을 일은 없어졌으니까."

일순, 돌아선 그의 신형이 사라졌다.

앞서 나타났을 때처럼 홀연히 자리를 떠난 것인데, 그가 남긴 목소리가 뒤늦게 들려왔다.

"살려 주지. 대신 내일부터 등청해. 다 잊고 폐하를 기망한 죄를 충성으로 갚으라는 소리다."

⁂

"죽였나?"

벽에 걸린 등록 하나로 희미하게 밝혀진 황제의 침소였다.

침상에서 일어난 황제가 인기척을 내고 안으로 들어서는 설무백을 보며 묻고 있었다.

"보시다시피……."

설무백은 짧게 대답하며 들고 들어온 정정보의 머리를 창가의 탁자에 올려놓았다.

황제가 고개를 저었다.

"아니, 엄 시랑 말이야."

설무백은 의자를 빼서 앉으며 대답했다.

"죽여도 좋을 인물은 아니더군요."

약간 긴장한 표정이던 황제가 그제야 긴장을 풀며 설무백의 맞은편 의자를 빼서 앉았다.

"아무래도 좀 그렇지?"

황제는 은연중에 흡족한 표정을 드러내고 있었다.

설무백은 잠시 그런 황제를 물끄러미 바라보다가 불쑥 물었다.

"애초에 다 알고 계셨죠?"

"엄 시랑이 사도진악이라는 자와의 자리를 주선한 이유?"

"예."

"나중에……."

황제가 담담하게 부연했다.

"조 창공은 여러모로 세심한 사람이야. 엄 시랑만이 아니라 작금의 내각을 구성하는 모든 관리들의 동향을 철저히 주시하고 있더군. 다만……."

문득 씁쓸한 미소를 지은 황제가 가만히 고개를 저으며 말을 더했다.

"내게 먼저 부탁하지 않을까 약간 기대했지. 정 태감의 목숨을 달라고 말이야. 근데, 끝내 입을 다물고 있더군."

설무백은 정말 궁금해서 물었다.

"달라면 주셨을까요?"

황제가 잠시 뜸을 들였다가 대답했다.

"고민했을 거야. 지금 다시 생각해 봐도 고민이 되네. 백성들 앞에서 정 태감의 참수하고, 한동안 성문에 효수하는 것은 매우 중요한 일이야. 정 태감에게 억울하고 불합리한 일을 당한 사람은 엄 시랑의 가문만이 아니니까."

"그자에게 당한 모든 백성들의 복수를 대신해 줘야 한다는 건가요?"

"이를 테면 그렇지. 불안한 민심을 조금이라도 더 바로잡으려는 노력이야. 성군인 척 하는 거지."

설무백은 잠시 물끄러미 황제를 바라보다가 물었다.

"성군이 되고 싶으시지는 않고요?"

황제가 뜻 모를 미소를 흘리며 고개를 저었다.

"나는 이미 폭군이야. 아무리 선정을 베풀어도 그건 변하지 않아. 누가 뭐래도 나는 천인공노하게도 조카를 죽이고 권좌를 차지한 역신이니까. 그래서 더욱 노력해야 해. 많은 성과를 내고 업적을 쌓아야지. 나를 판단하는 것은 이 시대가 아니라 다음 시대이니 말이야."

설무백은 황제의 심정이 어떤지 충분히 이해할 수 있었다.

그래서 더는 속내를 숨기지 않고 물었다.

"그래서 의도적으로 제 아버님과의 거리를 두시는 건가요? 앞으로 있을 대대적인 숙청을 위해서?"

황제가 만족한 표정으로 미소를 지었다.

"역시 아우야. 다 속아 넘어가고 있는데, 아우는 속지 않았군 그래."

설무백은 가볍게 따라 웃으며 솔직한 마음을 드러냈다.

"처음에는 저도 의심했습니다. 그런데 아무리 봐도 이상하더 라고요. 형님이라면 지금보다는 더 치밀하게 행동할 수 있을 텐데, 너무 노골적으로 주변을 강화하며, 아버님을 내치고 있 단 말이죠. 정정보는 말할 것도 없고, 사로잡아 놓은 탐관오리 들의 처형도 막연히 지연하는 것도 선뜻 납득하기 어려웠고 말 입니다."

황제가 계면쩍은 표정으로 말했다.

"설 장군에게는 내가 많이 감사하고 있지. 제아무리 간신들 을 소탕하고 정국을 바로잡는다는 거국적인 명목이라도 그리 선뜻 미끼가 되어 주다니 말이야."

그랬다.

황제가 그간 대놓고 친위대격인 동창의 세력을 키우며 주변 을 강화하는 한편, 군부의 실권을 가진 거기장군 설인보와 거 리를 두기 시작한 것은 전부 다 계획이었다.

황제는 정난을 거치고 새로운 정국을 맞이했음에도 불구하 고 여전히 외부 세력과 결탁하면서까지 사리사욕을 채우려는 간신배, 탐관오리들을 소탕하기 위해서 남몰래, 그야말로 최 측근들도 모르게 설인보와 손잡고 대사를 도모하고 있었던 것이다.

황제가 사도진악과의 자리를 마련한 엄자성의 진짜 이유를 사전에 알고 있으면서 모르는 척 무시하고 그냥 넘어간 이유도 일정 부분 거기에 있었다.

황궁이 예전과 달리 철저하게 통제되고 있다는 사실이 드러나면 곤란했다.

새로운 황궁은 아직 제대로 자리 잡지 못해서 허술한 구석이 많은 것으로 보여야 했다.

안 그러면 황제와 설인보가 남몰래 애쓴 보람도 없이 탐욕을 드러내려던 자들이 꼬리를 말고 지하로 숨어 버릴 수도 있는 것이다.

"그래서 성과는 있고요?"

"있다마다. 벌써부터 적잖은 모리배들이 알게 모르게 설 장군에게 추파를 던지고 있다고 하더군."

"그럼 조만간……?"

"그래. 실로 대대적인 숙청이 있을 거다."

설무백은 잠시 침묵하고 있다가 나직하게 물었다.

"어쩔 수 없는 일이겠죠?"

황제가 단호하게 대답했다.

"훗날 이 우형이 다시없을 폭군이라 불릴지언정 이 일은 거둘 수 없다. 내부의 적을 남겨 두고 외부의 적을 상대할 수는 없는 일이지 않은가."

설무백은 묵묵히 고개를 끄덕이는 것으로 수긍했다.

여태 한 번도 내색은 안했으나, 황제는 다른 무엇보다도 몽고족의 중원 침공을 우려하고 있는 것이다.

그러나 분명히 그렇다고, 그랬을 거라고 생각하면서도 못내 다른 생각이 드는 것을 막을 수 없는 설무백이었다.

그는 그 마음을 감추지 않고 그대로 드러냈다.

"이건 순전히 만에 하나를 가정하는 얘기입니다만, 사도진악이 생각보다 뛰어나서, 이를 테면 저보다 뛰어나다는 생각이 들었으면 어땠을까요? 그때도 형님은 이번과 같은 결정을 내렸을까요?"

"글쎄……?"

황제가 말문을 열어 놓고 뜻 모를 미소를 보이며 설무백을 바라보다가 슬쩍 어깨를 으쓱하며 대답했다.

"잘 모르겠군. 지금 다시 생각해 봐도 선뜻 판단이 서지 않는 걸?"

설무백은 황제의 대답이 실로 진심이라는 느낌이 들었다.

어떤 식으로 생각해 봐도 그가 아는 황제는 이런 사람이었다.

필요하다면 하늘도 땅이라고 말할 수 있는 사람이었다.

그게 나쁜 것이라는 생각은 들지 않았다.

하지만 충분히 경계해야 한다는 생각이 드는 것도 사실이었다.

'어쨌거나 나보다 큰 그릇이고, 그래서 내가 알 수 없는 사람이니까!'

설무백은 내심 그렇게 생각하며 피식 웃었다.

"너무 솔직한 것 아닙니까?"

황제가 실로 진심인지 아닌지 모르게 천진난만한 아이처럼 빙글거리며 대답했다.

"난 아우에게 언제나 진심인 사람이라 절대 거짓을 말하지 않아."

"예예, 어련하시겠습니까."

설무백은 바로 인정하며 따라 웃었다.

상대는 누가 뭐래도 황제인 것이다.

그런 이상 지금 말하는 것이 진심이든 아니든 부정할 수 없고, 그렇다면 굳이 진지하게 받아들이고 싶지 않았다.

설령 상대가 이길 수 없는 사람일지라도 결코 지고 싶은 마음은 들지 않았기 때문이다.

황제가 그런 그의 마음을 아는지 모르는지 잠시 유심히 바라보며 뜸을 들이다가 문득 말문을 돌렸다.

"아무튼 간에, 이 우형은 숙청이 끝난 다음에 연호(年號)를 선포하고, 대륙의 주인임을 자처할 생각이야. 벌써 연호도 이미 정해 두었지."

설무백은 장단을 맞추어 주었다.

"벌써가 아니라 이미 늦은 거 아닌가요?"

"그런가?"

황제가 자못 계면쩍은 표정을 지으며 보란 듯이 입맛을 다시고는 이내 피식 웃으며 다시 말했다.

"영락(永樂)이라고 정했어. 이 우형이 영락제(永樂帝)가 되는 것이지. 그 연호에 걸맞게 황궁도 새로 축조할 생각이라 북쪽에 지금 터를 닦고 있는데, 그 이름은 자금성(紫禁城)이라고 명명했지. 다만……!"

문득 말꼬리를 흘린 황제가 자못 심각하게 안색을 굳히며 말을 이었다.

"조금 두렵기도 해. 대륙의 주인임을 선언하는 그 순간부터 이 우형은 가진 바 능력 이상의 책임을 어깨에 짊어지게 되니까. 그래서 아우의 도움이 절실해. 전에 우리가 말했듯이……."

황제는 빛을 더한 눈으로 설무백을 직시하며 힘주어 말했다.

"관과 무림은 서로가 서로에게 불가해의 영역이니, 몽고족은 이 우형이, 마교는 아우가! 같이 또 따로! 약속한 거다?"

설무백은 여부가 있겠냐는 표정으로 미소를 지었다. 사실을 말하자면 오히려 그가 더 되새기며 강조하고 싶은 말이었다.

기다렸다는 듯이 고개를 끄덕인 그는 곧바로 늘 그렇듯 거두절미하고 말했다.

"부탁이 하나 있습니다."

"놀랍군. 아우가 내게 부탁씩이나……?"

황제가 정말 의외라는 표정으로 재우쳐 물었다.

"말해 봐. 이 우형의 손으로 가능한 것이라면 그게 무엇이든 다 들어주도록 할 테니까."

설무백은 말했다.

"황궁비고를 구경하고 싶습니다."

황궁비고는 이른바 천추무상별부 또는 천추제일부(千秋第一府)라 일컫는 황궁무고와 황궁서고를 이르는 말이었다.

황제가 빙그레 웃었다.

"구경만?"

설무백은 따라 웃었다.

"필요한 게 있으면……."

"다 가져도 좋아!"

황제가 기꺼운 표정으로 말을 자르고는 밖을 향해 말했다.

"게 누구 있느냐? 어서 가서 조 창공을 불러라."

황제의 침실 밖에 누가 있는지는 굳이 말하지 않아도 설무백은 익히 잘 알고 있었다.

낮에는 금의위 중랑장 공손벽이 지휘하는 금의위의 정예들이 지키고, 밤에는 동창의 내람첩형 당소기가 지휘하는 동창의 정예들이 지킨다.

그들 중 누가 나섰는지는 모르겠으나, 불과 일각도 되기 전에 창공이, 바로 제독동창 조위문이 달려왔다.

"부르셨습니까, 폐하!"

황제는 문가에 머리를 조아린 조위문을 향해 역시나 거두절미하고 바로 명령했다.

"설 아우를 황궁비고로 데려다주게."

대개의 경우 저택이나 장원의 창고들은 외벽(外壁)과 가까운 장소에 지어지기 마련이다.

수시로 물건이 드나드는 곳인 만큼 외부로 통하기 편리한 위치에 짓는 것이 효율적이기 때문이다.

그러나 황궁비고는 그런 원칙을 크게 벗어나 있었다.

황궁의 중지(重地)에 자리 잡은 대전이었고.

그것도 모자라서 수많은 금의위 병사들이 철통같은 경계를 펼치고 있었다.

하물며 그 대전도 황궁비고가 아니라 황궁무고로 들어가는 입구에 불과했다.

진정한 황궁비고는 대전으로 들어가서 미로처럼 이어진 복도를 거슬러서야 만나는 계단을 통해 지하로 내려가야 했다.

황궁의 중지에 자리한 대전의 지하 십여 장 아래에 자리한 거대한 밀실이 바로 황궁비고인 것인데, 그마저도 응천부의 황궁에 있던 황궁비고를 급히 재현하느라 절반으로 축소했다는 것이 황궁비고의 거대한 철문을 열어 주고 멀찍이 뒤로 물러난 조위문의 설명이었다.

"여기서부터는 소신도 들어갈 수 없습니다."

대내무반의 실세 중 하나인 제독동창 조위문에게조차도 황궁비고의 내부는 허락되지 않는 것이다.

설무백은 극존칭을 쓰며 소신이라는 말로 한없이 자신을 낮추는 조위문의 태도가 어색해서 잠시 머뭇거렸으나, 이내 마음을 다잡고 철문 안으로, 소위 말하는 천추무상별부의 내부로 들어서며 말했다.

"그리 오래 걸리진 않을 거요."

조위문이 웃음기 섞인 목소리로 그의 말을 부정했다.

"오래 걸릴 겁니다."

설무백이 의아해하며 돌아보자, 그가 웃는 낯으로 말을 덧붙였다.

"응천부의 황궁비고에서 이곳으로 옮겨 놓은 물건은 네 마리의 황소가 끄는 수레로 아흔아홉 개였습니다. 지금 들어가시는 비고가 최소한 아흔아홉 칸이라는 소리지요. 게다가 폐하께서 왕야 시절에 수집한 물건도 적지 않은데, 거기 다 보관되어 있습니다. 그냥 훑어보는 것만으로도 족히 나흘 이상은 걸리리라 봅니다."

"아……."

설무백은 상상보다 더 대단한 황궁비고의 규모에 절로 고개를 끄덕이며 수긍했다.

그러면서도 내심 정말 그럴까 하는 의심이 드는 그였는데,

놀랍게도 그게 사실이었다.

철문 안은 서너 평 남짓한 작은 공간이었고, 그 맞은편에 다시 거대한 철문이 있었다.

마치 현관처럼 꾸며진 그 방의 철문을 열고 들어가서 마주한 황궁비고는 실로 거대했다.

우선 시작은 서고였다.

넓이가 약 육 장 정도의 방에 십여 개의 서가(書架)가 좌우로 줄줄이 세워져 있었다.

각종 서책으로 꽉 차 있는 서가였고, 일견하게도 족히 수천 권이 넘어 보이는 분량이었다.

그런데 그런 방들이 좌우로 나란하게 전면을 향해서 길게 이어져 있었다.

일정한 간격을 두고 천장과 벽에 박힌 야명주로 인해 등불을 밝혀 놓은 것보다 더 밝음에도 불구하고 끝이 보이지 않을 정도로 길게 이어진 서고였다.

"와, 정말 대단하네!"

설무백은 더 없이 웅장한 황궁서고의 위용에 압도당해서 감탄이 절로 나왔다.

조위문의 말은 결코 과장이 아니었던 것이다. 아니, 과장은 커녕 겸손이었고, 그마저 지나쳤다.

지금 그는 이제 고작 황궁비고의 하나인 황궁서고만을 마주한 것이기 때문인데, 황궁비고의 두 번째인 황궁무고는 황궁서고 아래에 위치하고 있었다.

황궁서고의 중앙으로 보이는 장소에 지하로 통하는 계단이 하나 있었고, 그 계단으로 내려가자 황궁서고만큼이나 드넓은 공간이 나왔다.

서가로 빼곡하게 채워진 황궁서고와 달리 각종 병기로 가득한 병기반이 줄줄이 세워져 있는 창고, 바로 황궁무고였다.

그러나 그게 다가 아니었다.

몰랐는데, 황궁비고는 황궁서고와 황궁무고만을 말하는 게 아닌 모양이었다.

황궁서고 아래 황궁무고가 자리한 것처럼 황궁무고 아래에는 또 하나의 공간이 자리하고 있었다.

넓이는 앞선 서고나 무고와 비교해서 별반 다르지 않았으나, 따로 구획해 놓은 공간이 아니라 통으로 하나인 공간이었다. 그리고 그곳에는 흡사 잡동사니로 보이는 오만가지 물건이 너저분하게 널려 있었다.

모르긴 해도, 그곳이 바로 황제가 연왕 시절에 수집했다는 물건들인 것 같았는데, 당연하게도 잠시 살펴보니 하나같이 잡동사니와는 거리가 먼 기진이물(奇珍異物)들이 대부분이었다.

세상에서 흔히 볼 수 없는 보물들이 길바닥에 깔린 쓰레기처럼 사방에 널려 있는 것이다.

"좋았어!"

설무백은 더 없이 만족한 표정으로 눈을 빛냈다. 그리고 손바닥을 비비며 불쑥 물었다.

"어디 맡을래?"

순간, 천장과 벽의 야명주로 인해 제법 진하게 서린 그의 그림자 속에서 요미가 빠져나오며 배시시 웃었다.

"나는 보석이 많은 여기!"

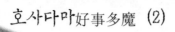

호사다마好事多魔 (2)

사실을 말하자면 설무백이 황궁비고에 들어온 이유는 오직 하나였다.

  사도진악은 말할 것도 없고, 천산파의 악지산과 단이자 등의 무력에 자극을 받았기 때문이다.

  사도진악과 악지산 등의 무력은 풍잔의 식구들을 위협할 수 준이며, 황제를 경호하는 대내무반의 고수들을 압도하는 경지였다.

  곤란했다.

  무시하고 그냥 넘어갈 수 없었다.

  풍잔의 식구들은 차치하고, 황제의 안위가 언제든지 위협받을 수 있다는 것은 실로 간과할 수 없는 사안이었다.

풍잔의 식구들이야 저마다 여전히 부단한 노력으로 성장하는 중이고, 검노나 쌍노, 예충 등 이끌어 줄 고수들도 충분한데다가, 여차하면 그가 나서서 성장의 발판을 마련해 줄 수도 있지만, 황제를 지키는 무관들의 경우는 그렇지가 않았다.

그가 직접 나서서 도울 시간도 부족하지만, 설령 도울 시간이 있다고 해도 그들이 흔쾌히 받아들일 가능성이 희박했다.

기본적으로 자존심과 자존감이 강한 그들이 어쨌거나 일개 야인인 무림인의 지도를 순순히 수용할리 만무하기 때문이다.

분명 거부감이 적지 않을 것이고, 그런 반감을 해소하는 것만으로도 적잖은 시간이 소요될 것이다.

한 치 앞을 모를 정도로 빠르게 돌아가는 작금의 정세 속에서 그 정도의 여유는 그에게도 없었다.

즉, 황궁비고에 들어온 설무백의 이유는 전적으로 황제를 지켜야 할 대내무반 고수들의 능력을 끌어 올려 주려는 노력이었다.

그 때문이었다.

설무백은 각종 기진이물이 널린 황궁비고의 지하 삼 층을 돌아보겠다는 요미와 달리 다시 지하 일 층으로, 바로 황궁서고로 올라왔다.

천추무상별부라 불리는 황궁비고는 무림의 태산북두인 소림사의 장경각(藏經閣)과 무당파의 진무전(眞武殿)과 더불어 천하삼대별부(天下三大別府)라 불리는 살아 있는 전설이며, 그 핵심은 바로 황궁서고였다.

황궁서고는 대륙의 황실이 원나라 이전부터 지금까지 전해져 내려오는 천하의 모든 무공을 긁어모아서 보관하고 있는 장소이기 때문이다.

실제로 설무백은 제독동창 조위문이 천하십대고수 중 삼신의 하나인 포아자의 뇌정신도를 익힌 배경이 황궁서고에 있다는 얘기를 들었다.

그러나 절대 쉬운 일이 아니었다.

각기 방마다 수백 권의 서책이 빼곡하게 꽂혀 있는 서가가십여 개이고, 그런 방이 아흔아홉 칸이나 되었다.

하물며 대충 눈으로 봐도 특이점을 발견할 수 있는 병기 등의 기진이보와 달리 서책은 일일이 다 속에 적힌 내용을 확인해야 하는 수고가 있었다.

황궁서고로 올라선 설무백은 까마득하게 보이는 서고(書庫)를 바라보며 실로 암담한 기분에 사로잡혔다.

"어휴, 이럴 줄 알았으면 혈 노인과 흑영, 백영도 데리고 오는 건데……!"

설무백은 절로 한숨이 나왔다.

그러나 언제까지 그러고만 있을 수 없다는 것은 다른 그 누구보다도 그 자신이 가장 잘 알고 있었다.

"눈은 게을러도 손은 부지런한 법이지!"

설무백은 이내 마음을 다잡고 계단에서부터 시작되는 서고를 시작으로 서가의 서책들을 훑어보기 시작했다.

처음에는 손에 닿는 대로 전부 다 훑어보았으나, 이내 요령이 생겼다.

작금의 상황이 난세라는 것을 대변하듯 모든 서가에는 언제 청소를 했는지 모르게 잔뜩 먼지가 쌓여 있었으나, 비교적 깨끗한 서책이 있는데 반해 그렇지 못한 서책도 있었다.

그리고 지저분한 서책들 또한 상대적으로 오랜 세월의 풍상이 느껴지는 낡은 서책과 그렇지 않은 서책으로 나뉘어졌다.

설무백은 그중 두 종류의 서책을 위주로 서가를 뒤졌다.

가장 깨끗한 서책과 오래된 것으로 보이는 낡은 서책이 바로 그 두 종류였다.

가장 낡은 서책은 그가 모르는 전대의 무공서를 찾아낼 가능성이 높아 보였고, 가장 깨끗한 서책은 삼신의 하나인 포아자의 뇌정신도를 익힌 제독동창 조위문의 경우가 떠올라서 그냥 지나칠 수가 없었다.

생각 같아서는 그런저런 요령을 피우지 않고 서가의 모든 서책을 세세히 뒤지고 싶었으나, 그럴 수는 없었다.

하루가 다르게 변하는, 그래서 전생의 기억으로 인해 세간의 흐름을 상당한 수준까지 읽을 수 있는 그조차 한 치 앞도 내다보기 어려운 난세였다.

그뿐 아니라, 계획을 실패하고 돌아간 사도진악이나 천산파의 무리가 어떤 식으로 나올지도 걱정스러웠고, 즉흥적인 그의

천외천의
주인

생각으로 말미암아 황궁에 떨쳐 놓은 동료들도 적잖게 마음에 걸렸다.

철각사는 북경상련으로 돌아갔으나, 공야무륵과 혈뇌사야, 흑영과 백영, 그리고 철면신은 철각사를 따라서 북경상련으로 가서 기다리라는 그의 지시를 거부하고 황궁에서 대기하고 있는 것이다.

"설마 하루 이틀 사이에 무슨 일이 있을라고."

설무백은 내심 그렇게 생각하면서도 전에 없이 빠르게 서둘렀다.

공야무륵과 혈뇌사야 등은 차치하고, 황궁의 인물들이, 바로 그들의 신위를 목도한 대내무반의 고수들이 못내 걱정이었다.

무인은 어디에 몸담고 있어도 어디까지나 무인이고, 무인은 자신이 성취한 능력과 별개로 호승심에 눈이 멀기 마련인 바보이기 때문이다.

"설마, 별일 없겠지."

거듭되는 설마 속에 서가를 뒤지며 서책을 훑어보는 설무백의 속도가 더욱 빨라졌다.

다른 사람들이야 무슨 상황이 벌어져도 슬기롭게 대처하리라고 보지만, 못내 철면신이 마음에 걸렸다.

근자에 들어 조금씩 자의식을 찾아가고 있는 철면신인지라 더욱 그랬다.

같은 시각, 설마가 사람 잡는다고 황궁의 별채 중 하나인 자개원(紫盖院)에서는 설무백의 우려가 현실로 닥치고 있었다.

금의위의 대영반 단목진양과 예하의 중랑장인 전 금군대교 두 공손벽을 위시한 일단의 금의위 위사들이 사전에 아무런 전갈도 없이 설무백의 일행이 거처하는 자개원을 방문한 것이다.

황궁의 동편 구석에 자리한 자개원은 작은 마당과 그보다 작은 정원 주변으로 한 채의 전각과 두 채의 모옥으로 구성된 별채였는데, 한참 밤이 깊은 축시(丑時 : 오전 1~3시)경이라 다들 잠자리에 들었으나, 두 사람은 아직 잠들지 않고 툇마루에 나와서 담소를 나누고 있었다.

철각사와 혈뇌사야가 바로 그들이었다.

설무백의 예상과 달리 철각사는 북경상련으로 돌아가지 않았던 것인데, 그들 뒤쪽에는 철면신이 벽에 등을 기대고 서 있었다.

철면신은 늘 잠들지 않고 그렇게 휴식을 취했다.

다만 갑자기 나타난 낯선 인기척이 모두를 일깨운 모양이었다.

철면신이 스르르 눈을 떴다.

방이 아니라 모옥의 지붕에서 잠자던 흑영과 백영이 일어나서 처마에 걸터앉았고, 모옥의 문이 열리며 공야무륵이 밖으로 나섰다.

툇마루에 앉아서 싸리나무 울타리로 구획된 마당으로 들어서는 방문자들의 면면을 훑어보던 철각사가 그 순간에 말문을 열었다.

"좋은 일로 찾아온 것 같지는 않구려."

혈뇌사야가 쓰게 입맛을 다시며 말을 받았다.

"가능하면 본인은 나서지 않을 거요. 피를 본 다음에는 살기를 조절하기 어려워서 말이오."

철각사가 가만히 고개를 끄덕이며 자리를 털고 일어나서 마당으로 들어선 대내무반의 고수들을 향해 물었다.

"무슨 용무로 이 시간에 찾아온 것이오?"

금의위 대영반 단목진양과 중랑장 공손벽 사이를 비집고 금관조복(金冠朝服)을 입은 대신 하나가 앞으로 나섰다.

짙은 눈썹과 부리부리한 호목과 주먹코 아래, 세 갈래로 갈라진 수염을 길게 기른 노인, 바로 내각대학사 공손수였다.

"늦은 시간에 실례하오. 다름이 아니라 본인은 내각을 책임지고 있는 공손수라 하는데, 향후 정국의 변화에 대해서 긴히 논의할 것이 있어 비공을 뵈려고 하니, 기별을 넣어 주시오."

철각사는 대답 대신 살짝 미간을 찌푸렸다.

황궁에서 설무백이 비공으로 불린다는 것은 익히 들어서 잘 알고 있었다.

다만 설무백이 자리를 비운 것을 공손수가 전혀 모르고 있는 것 같아서 선뜻 대답하기가 애매했다.

"……."

철각사는 바로 내색하지 않고 슬쩍 혈뇌사야를 바라보았다.

혈뇌사야가 어색한 미소를 흘리며 어깨를 으쓱했다.

자신도 잘 모르겠다는 시늉이었다.

철각사의 시선이 공야무륵과 흑영, 백영을 훑었다.

하지만 그들도 혈뇌사야와 같은 반응을 보였다.

그들 중 누구도 아는 사람이 없었다.

철각사는 그제야 공손수에게 시선을 주며 말했다.

"이거 헛걸음을 하셨구려. 우리 주군께서는 잠시 볼일이 있어서 자리를 비우셨소. 바로 돌아오실 것 같지 않으니, 차후에 다시 찾아오시는 것이 좋겠소."

공손수가 미심쩍은 표정으로 철각사를 바라보았다.

"지금 비공이 여기 없다는 것이오?"

"그렇소. 말했다시피 잠시 자리를 비우셨소."

"여기는 황궁이고, 황궁은 누구라도 자유롭게 움직일 수 있는 곳이 아니오. 그런데 자리를 비웠다고요?"

철각사는 못내 불쾌해졌다.

그는 늘 재야에 살던 무림인이라 그리 예의를 중시하는 사람이 아니었으나, 초면에 자신의 말을 불신하며 따지듯이 묻는 공손수의 태도가 영 눈에 거슬렸다.

그는 애써 공손함을 유지하며 대답했다.

"황궁이 감옥은 아니질 않소. 하물며 우리 주군은 귀하가 향후 정세를 논하고 싶을 정도의 어른이신 비공이오. 누가 그런 분의 발길을 막을 것이오."

굳이 비공이라는 설무백의 지위를 강조했음에도 공손수는 태도는 전혀 달라지지 않았다.

"대체 무슨 볼일이 있어 이 시간에 자리를 비웠다는 거요?"

철각사는 이제야말로 안색을 굳히며 단호하게 대처했다.

"내가 그걸 귀하에게 가르쳐 줄 이유는 없소."

공손수가 대놓고 노골적으로 불쾌한 감정을 담은 눈빛으로 철각사를 노려보았다.

"다시 말하지만 여기는 황성이오. 황성에 있는 사람은 비록 처지가 손님일지라도 황성의 법도를 따라야 하오."

철각사가 냉정하게 대꾸했다.

"그럼 손님이 아니면 되겠구려."

"그게 무슨……?"

공손수가 어리둥절해하자, 철각사가 잘라 말했다.

"우리는 황궁을 떠나겠소."

"……!"

공손수의 안색이 변했다.

철각사가 그게 아랑곳하지 않고 돌아서며 혈뇌사야를 향해 말했다.

"갑시다. 아무래도 우리가 여기에 있는 것은 주군께 아무런 도움이 안 될 것 같소."

혈뇌사야가 동의하며 자리를 털고 일어났다.

"그럽시다, 그럼. 내가 보기에도 그렇구려."

철각사가 그 말을 들으며 공야무륵과 흑영, 백영을 둘러보았다.

"따로 준비할 것은 없으니, 바로 떠나면 됩니다."

공야무륵이 늘 그렇듯 심드렁하게 말하며 철면신의 곁으로 갔다.

철면신을 챙기려는 것인데, 그사이 모옥의 처마에 걸터앉아 있던 흑영과 백영이 내려와서 그의 곁에 서 있었다.

철각사가 그제야 공손수를 향해 빙그레 웃으며 무림인 특유의 뒤끝을 드러냈다.

"됐지요? 단, 이번 일로 무언가 불상사가 일어난다면 그건 전적으로 귀하의 책임임을 명심하시오. 그럼 다음에 기회가 되어도 다시 만나는 일은 없도록 합시다."

공손수가 당황한 기색이다가 이내 안색을 싸늘하게 굳히며 단호하게 말했다.

"그럴 수 없소! 황궁은 마음대로 오고 싶다고 오고, 가고 싶다고 갈 수 있는 곳이 아니오!"

금의위 위사들이 공손수의 말에 바로 호응했다.

대번에 좌우로 진영을 펼쳐서 포진하며 별채의 입구를 막고 있었다.

공손수가 비릿하게 웃으며 철각사를 바라보았다.

이젠 어쩔 거냐 하는 표정이었다.

철각사의 얼굴에 미소가 번졌다.

그가 보는 공손수의 반응은 실로 같잖아서 가소로웠다.

지금 그가 자리를 떠나려는 건 공손수는 말할 것도 없고, 공손수가 대동한 금의위 위사들이 두려워서가 절대 아닌 것이다.

철각사는 손가락으로 콕 집어서 금의위 위사들이 가로막은 별채의 입구를 가리켰다.

"그쪽으로 나갈 생각이 아니었는데, 이제는 그쪽으로 나가고 싶어지네."

그는 새삼 픽, 하고 웃는 낯으로 공손수의 시선을 마주하며 재우쳐 물었다.

"정말 지금 그 병력으로 나를 아니, 우리를 막을 수 있다고 생각하는 건가?"

공손수는 진심 어이가 없었다. 그래서 분노가 한계를 넘어서 싸늘해진 기분으로 철각사를 노려보았다.

그럴 수밖에 없는 것이, 그는 철각사가 누군지도 모를 뿐더러, 싸우는 모습을 본 적도 없었다.

무엇보다도 무인이 아닌 까닭에 철각사의 가없는 기도를 전혀 느끼지 못하고 있었다.

다만 그가 주의하는 것은 실로 고강한 무공을 가졌다는 얘기를 들은 혈뇌사야와 공야무륵, 두 사람뿐이었는데, 지금 그의 곁에는 대내무반의 최고수인 전 금군대교두 무적조차 공손벽이 있고, 또한 금의위 위사들 중에서도 내로라하는 고수인 천호장들이 있는 것이다.

꿀릴 것도 없고, 약하게 나갈 구석도 전혀 없다고 생각한 그는 이내 코웃음을 치며 마음껏 비웃었다.

"야인들의 허풍이 대단하다는 얘기는 익히 들었지만, 이건 정말 너무 심하군. 혹시 당신 비공의 수하라는 배경을 너무 믿는 거 아닌가? 음하하하……!"

말미에 보란 듯이 박장대소를 터트린 공손수는 이내 거짓말처럼 웃음을 그치며 자신의 가슴을 두드렸다.

"이 사람은 공손수일세! 내각을 책임지고 있는 수보(首輔) 공손수란 말일세! 설마 이 공손수가 비공도 아니고 비공이 부리는 졸자 몇 명 해치웠다고 황제 폐하께 치도곤이라도 당할 거라고 생각하는 건가 지금?"

철각사는 문득 묘한 기분에 사로잡혀서 아무런 대답도 하지 않고 그저 물끄러미 공손수를 바라만 보았다.

새삼 때아니게 지근거리로 다가서는 다수의 인기척을 느꼈기 때문이다.

사전에 공손수가 일이 틀어질 것을 대비해서 대기시킨 지원군일까?

아니었다.

이윽고, 들려온 목소리가 그것을 알려 주었다.

"참으로 기세등등하시오. 그런 내각수보께서 대체 무엇이 두려워서 이 늦은 시간에 남몰래 비공을 만나려던 것이오?"

동창의 요인들을 거느린 제독동창 조위문이었다.

공손수가 적잖게 당황한 기색을 드러냈다.

그러나 잠시였다.

이내 평정을 되찾은 그는 아무렇지도 않게 조위문을 바라보았다.

그때까지도 금의위 위사들은 조위문 등 동창의 요인들에게 별채로 들어서는 길을 내주지 않은 채 금의위 대영반 단목진양의 눈치를 보고 있었다.

조위문이 자못 준엄하게 꾸짖었다.

"금의위가 감이 어찌 내 앞을 막지? 대내무반의 관리와 감찰이 이미 금의위에서 동창으로 넘어왔음을 아직 모르는 게냐?"

단목진양의 얼굴이 붉어졌다.

분노와 수치가 뒤섞인 기색이었다.

금의위 위사들을 꾸짖은 말처럼 보이지만 기실 그에게 향하는 질타임을 모르지 않는 것이다.

하지만 그는 끝내 함구하고 있었다.

여기서 그가 수하들을 물리면 금의위가 동창의 아래임을 인정하게 되는 것이다.

그럴 수 없었다. 아직은 그렇지도 않았다.

그런 그의 속내를 읽은 듯 별채의 입구를 막고 있던 금의위 위사들이 눈치껏 스스로 길을 열었다.

"흥!"

조위문이 냉소를 날리며 별채의 마당으로 들어섰다.

그는 내각수보 공손수를 쳐다보지도 않고 철각사 등을 향해 정중히 포권의 예를 취했다.

"본의 아니게 심려를 끼쳐서 미안하오. 이제부터 여기 일은 본관이 책임지고 처리할 테니, 그리 알고 잠시 물러나서 기다려 주시오."

철각사는 의미심장하게 들리는 조위문의 말에 절로 고개를 갸웃거리면서도 묵묵히 뒤로 물러났다.

혈뇌사야가 그런 그에게 나직이 속삭였다.

"심히 수상쩍구려. 저치도 그렇고, 같이 나타난 동창 애들도 그렇고, 갈무리한 살기가 실로 예사롭지 않소."

철각사도 같은 생각이었다. 그 또한 이미 조위문을 비롯한 동창의 위사들이 갈무리한 살기를 느꼈기 때문이다.

그때 조위문의 말을 들은 공손수가 불쾌한 감정이 담긴 눈빛으로 노려보며 말했다.

"대체 그게 무슨 말이오? 대체 창공이 무슨 책임을 지고 이 자리를 처리하겠다는 것이오?"

조위문이 돌아서서 공손수를 마주하며 대답했다.

"그 대답을 듣고 싶다면 우선 공손 수보께서 은밀하게 여기로 거동한 이유부터 말씀해 줘야겠소. 대체 무슨 일이오?"

천외천의
주인

공손수가 어이없다는 표정으로 말을 받았다.

"조 창공께서는 마치 이 사람이 큰 죄라도 지은 것처럼 말하는구려. 황제 폐하를 측근에서 보필하며 내각을 책임지는 본인이 폐하께서 신임하고 의지하는 비공을 한번 만나서 작금의 정세를 논의해 버리는 것이 무슨 큰 죄인 거요?"

조위문이 냉정하게 따져 물었다.

"그러니까, 그걸 왜 지금처럼 은밀하게, 하다못해 폐하께도 알리지도 않고 하려는 것이냐 이 말이오, 내 말은! 그것도 굳이 금의위의 정예들을 대동하고 와서 말이오!"

공손수가 크게 하하 웃고는 이내 안색을 굳히며 강변했다.

"본인은 대소신료들과 함께 내각을 책임지는 사람이오. 하루에도 수백 건에 달하는 상소를 살피는 사람이 본인이란 말이오. 그런 본인이 그 모든 상소를 일일이 다 폐하께 올린다면 어떻겠소? 그건 실로 본인이 폐하께서 맡긴 임무를 소홀히하는 불손이 되는 거요. 추릴 것은 추리고, 누락시킬 것은 누락시켜야지요. 물론 사전에 철저히 확인을 하고 말이오."

조위문이 장황한 설명이 지루하다는 것처럼 보란 듯이 손가락으로 귀를 후비며 말을 잘랐다.

"이 시간에 비공을 만나려던 이유가 그런 거다, 이 말이오?"

"왜 아니겠소."

공손수가 당연하다는 듯이 대꾸하며 부연했다.

"내친김에 밝혀 주리다. 어제 하남과 하북 등지의 지부에서 올라온 상소 중에 비공의 불합리한 만행을 고하는 내용이 있었소. 하여, 본인은 비공을 직접 만나서 그 상소의 내용을 확인하려고 했소. 기실 비공이 그럴 리가 만무하니 모함일 가능성이 농후하나, 확인은 필요한 것이 본인의 판단이었소. 이런 일을 어찌 폐하께 보고부터 드릴 수 있단 말이오."

그는 기세등등해져서 재우쳐 따지고 들었다.

"어떻소? 충분한 답변이 되었소?"

조위문이 여부가 있겠냐는 표정으로 고개를 끄덕였다. 그리고 불쑥 손을 내밀었다.

"그럼 어디 그 상소 좀 봅시다."

공손수가 한 방 맞은 표정으로 굳어졌다가 이내 분노한 기색으로 얼굴을 붉히며 언성을 높였다.

"지금 본인의 말을 믿지 못하겠다는 거요?"

조위문이 대답 대신 빙그레 웃으며 손가락을 튕겼다.

그러자 미세한 바람소리와 함께 그의 옆으로 떨어져 내리는 사람이 하나 있었다.

동창의 장형천호 종리매였다.

종리매의 어깨에는 함지박만 한 상자 하나가 들려 있었다.

그는 무심한 표정으로 그 상자를 바닥에 툭 던져 놓으며 공손수를 향해 씩, 하고 웃었다.

순간, 공손수의 안색이 변했다.

그는 종리매가 가져온 상자가 무엇인지 아는 눈치였는데, 사실이 그랬다.

조위문이 곧바로 그것을 밝혔다.

"아시다시피 이건 지난 며칠 동안 공손 수보께서 검토한 상소들을 보관해 둔 서장(書欌)이오. 그리고 보시다시피 수보의 봉인이 뜯기지 않은 채 그대로 있소. 어서 살펴보시오. 방금 전 수보가 말한 상소가 이 안에서 나온다면……!"

말꼬리를 늘인 그는 눈을 빛내며 힘주어 강경하게 말을 끝맺었다.

"본관은 이 자리에 무릎 꿇고 백 배 사죄할 것이며, 스스로 제독동창의 자리를 내놓고 물러나겠소!"

"……!"

공손수의 주름진 눈가에 파르르 경련이 일어났다.

그 상태로, 그는 천천히 다가와서 종리매가 내려놓은 상자의 봉인을 뜯었다.

조위문이 그 모습을 예의 주시하며 지나가는 말처럼 중얼거렸다.

"폐하께서 말씀하시더이다. 그게 누구든 누군가 권력을 잡으면 내란이 시작된다고 말이오."

공손수가 지그시 입술을 깨물며 떨리는 손으로 상자를 잡았다. 그리고 한차례 조위문과 그 주변을 훑어보고는 빠르게 상자를 열어젖혔다.

그게 신호인 것 같았다.

장내에 그 누구도 예상하지 못한 상황이 벌어졌다.

카각-!

섬뜩한 소음이 울리며 피가 튀었다.

동시에 조위문의 뒤에 시립해 있던 동창의 이급내람첩형 장이(張地)와 이급외람첩형 손척의 머리가 허공으로 떠오르고 있었다.

그들의 곁에 있던 당소기와 곽승이 순간적으로 뽑아 든 칼을 휘둘러서 목을 베어 버렸던 것이다.

그리고 또 목이 베어진 사람이 있었다.

동창의 이급 장형천호인 전 광록대부 관승과 이급이형백호인 전 북진무사의 위장 진충이 바로 그들이었다.

종리매와 기존의 이형천호인 정소동의 솜씨였다.

"헉!"

졸지에 벌어진 사태에 놀란 공손수가 헛바람을 삼키며 엉덩방아를 찧었다.

그 순간에 또 다시 피가 튀며 허공으로 솟구치는 머리가 아니, 머리들이 있었다.

이번에는 금의위의 진영이었다.

금의위 대영반 단목진양과 그 곁에 서 있던 네 사람의 목이 동시다발적으로 베어졌다.

단목진양을 제외한 네 사람은 바로 두 명의 부영반과 그 예하의 군관들이었다.

실로 졸지에 금의위를 지휘하는 다섯 사람이 순식간에 죽어 버린 것인데, 놀랍게도 순식간에 그들의 목을 베어 버린 것은 바로 금의위 중랑장인 무적초자 공손벽이었다.

설명은 길었으나, 그 모든 상황이 그야말로 눈 깜작하는 찰나지간에 벌어진 일이었다.

한순간 비명도 지르지 못한 채 머리를 잃고 주저앉거나 쓰러지는 주검들이 실로 현실이 아닌 것처럼 기괴한 모습을 연출하고 있었다.

나머지 금의위 위사들이 본능적으로 칼을 뽑아 들었으나, 더는 움직이지 못한 채 그대로 굳어져 버렸다.

동창의 신임 첩형들과 장형천호 등의 죽음은 차치하고, 금의위 대영반 단목진양의 목을 벤 것은 다름 아닌 그들의 직속상관인 중랑장 공손벽인지라 다들 감히 움직일 엄두조차 내지 못하고 있는 것이다.

그사이 허공에 뿌려진 핏물을 뒤집어쓴 공손수가 공포에 질린 표정으로 조위문을 바라보며 엉덩이를 뒤로 끌고 있었다.

"이, 이게 대, 대체 무슨 짓인가?"

조위문이 대답 대신 한심하다는 표정으로 공손수를 바라보았다.

그가 아무런 대답을 하지 않았음에도 공손수의 표정은 한층 더 참담하게 일그러지고 있었다.

그의 시선에 한 사람의 모습이 들어왔기 때문이다.

작고한 전 내각수보 엄정의 손자인 호부시랑 엄자성이 바로 그였다.

　조위문이 물었다.

　공손수를 싸늘한 눈초리로 주시하면서 엄자성을 향해 던지는 질문이었다.

　"엄 시랑, 자네에게 사도진악을 소개해 준 사람이 누군가?"

　엄자성이 손을 뻗어서 공손수를 가리켰다.

　"저기 저 공손 수보요. 쥐도 새도 모르게 정정보를 빼돌릴 수 있는 사람이라고…… 물론, 그 전에 그렇게 하는 것이 폐하의 심기를 건드리지 않고 복수할 수 있는 방법이라고 알려 준 사람도 공손 수보였지요."

　"그, 그건 내, 내가 자네를 위해서……!"

　조위문이 끌끌 혀를 차는 것으로 공손수의 말을 끊으며 말했다.

　"정말 한심하구나. 아직도 모르겠나? 폐하께서 왜 황권을 강화하라는 너의 조언을 가감 없이 수용하며 동창의 세를 불린 것 같으냐? 그리고 또 왜 네가 추천하는 자들을 별다른 검증도 없이 그대로 동창과 금의위의 요직에 앉힌 것 같으냐?"

　"……?"

　"누가 말려도 매번 전장의 선두에서 말을 모시려 드는 폐하께서 막상 제위에 오르시니 겁쟁이가 되셨다고 생각한 거나?"

　"……?"

"아서라 말아라. 그게 다 너 때문인 거다. 폐하께서는 진즉에 네가 제이의 정 태감이 되려는 간신임을 알아보고 너의 뜻에 따라 주신 거다. 일거의 퇴치할 요량으로 말이다."

"하면……?"

공손수가 이제야말로 사태의 전말을 인지한 표정으로 힘없이 늘어지며 일말의 의문을 들어났다.

조위문이 그런 그의 속내를 읽으며 대답해 주었다.

"동창과 금의위는 내게, 군부는 설 장군께 맡기셨다. 지금쯤 너와 손잡은 군부의 장수들도 죄다 목이 떨어졌거나 떨어지고 있을 거다. 이제 다시는 황궁과 황실 내부에서 일어나는 파벌 싸움을 절대 용납하지 않겠다는 것이 폐하의 확고부동한 의지시다."

공손수는 웃었다.

너무 차가우면 오히려 뜨겁게 느껴진다는 식으로 극도의 절망감이 가져다준 웃음으로 보였다.

그 상태로, 그는 슬쩍 고개를 돌려서 단칼에 다섯 명의 목을 베어 버린 칼을 여전히 들고 서 있는 공손벽을 바라보았다.

"역시 형은 내편이 아니었던 거구려."

그랬다.

황궁의 요인들은 거의 다 아는 사실이지만, 내각수보 공손수는 공손벽의 동생이었던 것이다.

공손벽이 무심한 얼굴, 무감동한 목소리로 대꾸했다.

"파멸의 끝이 보이는 너의 선택은 동조할 수도, 인정할 수도 없었다."

"칼잡이 주제에 성인군자 나셨네!"

공손수가 코웃음을 쳤다.

조위문이 그런 공손수의 곁으로 다가섰다.

그의 손에는 이미 칼이 드려 있었다.

"쳇! 그래 까짓것 죽어 주지,"

공손수가 기분 나쁘다는 듯 이죽거렸다. 그리고 보란 듯이 고개를 숙이며 목을 늘였다.

이제 만사 다 귀찮으니 어서 목을 치라는 시늉으로 보였다.

조위문이 칼을 들었다. 그리고 빠르게 내려쳤다.

칵—!

둔탁한 소음이 울리며 고개를 숙인 채 목을 늘이고 있던 공손수가 앞으로 풀썩 고꾸라졌다.

그러나 피는 튀기지 않았다.

목이 베어지거나, 떨어져서 바닥을 구르는 머리도 없었다.

조위문이 칼의 뒷등으로 공손수의 목을 쳤기 때문이다.

공손수는 단지 기절해서 쓰러졌던 것이다.

조위문은 칼을 거두며 공손벽을 향해 말했다.

"약속대로 데려가시오. 그리고 장군도 약속을 지켜 주시오."

공손벽이 쓰러진 공손수를 어깨에 짊어졌다. 그리고 신형을 날려서 자리를 떠나며 대답했다.

"약속대로 오늘 이후 다시는 아우의 모습이 사람들의 눈에 띄는 일은 없을 것이오."

금의위 중랑장 공손벽이 혼절한 공손수를 어깨에 짊어지고 떠나기 무섭게 자리가 정리되었다.

죽은 자들이 치워지고, 피가 닦이는 작업이 빠르게 진행되었다.

제독동창 조위문은 그사이에 철각사 등에게 다가와서 거듭 사과하고 감사를 표하며 사정을 밝혔다.

"번거롭게 해서 정말 미안하오. 나름 철저히 대비를 했기에 원래는 본인이 먼저 찾아와서 사정을 설명하고 처리했어야 할 일이었는데, 저들이 예상보다 빨리 움직이는 바람에 이렇게 되었소. 너그럽게 이해해 주시오."

철각사는 대답하지 않고 침묵을 지켰다.

선뜻 뭐라고 대꾸할 말이 떠오르지 않았다.

산전수전 다 겪은 노강호인 그조차 아직은 작금의 상황을 정확히 인지할 수 없었다.

보다 정확히 말하면 적아를 구분하기 어려웠다.

조위문이 그런 그의 속내를 꿰뚫어 본 것처럼 어색한 미소를 흘리며 말을 덧붙였다.

"그리고 이건 혹시나 오해를 하실까 봐 말씀드리는 건데, 아까 공손 수보를 살려 보낸 것은 공손벽 장군이 사전에 그것을 조건으로 공손 수보의 외도를 우리 동창에 알렸고, 또 직접 수

습에 나섰기 때문입니다."

철각사는 문득 궁금해져서 물었다.

"하면, 공손벽 또한 파문…… 아니, 이쪽에서는 삭탈관직이
구려. 아무려나, 그렇게 되는 것이오?"

조위문이 손사래를 치며 대답했다.

"아닙니다. 아시는지 모르겠지만, 공손가(公孫家)은 대대로 황
궁의 대소신료를 배출한 요서(遼西 : 대륙의 동북부에 자리한 요하(遼河)
의 서쪽 지역)의 명문이지요. 공손 수보가 잠시 한눈을 팔았다
고는 하나, 폐하의 의지에 반하는 파벌을 꾸리려 했을 뿐, 역
모와는 거리가 먼 일이기에 그런 일은 없을 겁니다. 공손벽 장
군에겐 아직 알리지 않았으나, 폐하께서는 공손벽 장군을 금의
위의 수장으로 등용할 생각이십니다. 해서, 차지에……!"

"됐소이다."

철각사는 가볍게 손을 내저으며 조위문을 말을 잘랐다.

"더는 본인이 몰라도 되는 일 같소. 내친김에 말하오만, 조금
전 본인이 아니, 우리가 나서지 않고 침묵한 것은 순전히 제삼
자의 입장에서 중립을 지킨 것에 불과하오. 귀하들의 행사가
옳은 건지 그른 건지는 지금 이 자리에서 우리가 알 수 있는 일
이 아니니, 더 이상 깊은 얘기는 그냥 묻어 두는 것이 좋을 것
이오."

"이해하오. 본인이라도 당연히 그랬을 거요."

조위문이 당연히 그 마음을 충분히 이해한다는 듯 웃는 낯

으로 대답했다. 그리고 넌지시 그와 반대되는 말을 건넸다.

"하지만 이거 하나는 아셔야 할 것 같소. 이번을 일의 주모자는 공손 수보가 아니오. 공손 수보는 단지 다른 자의, 바로 이번 일을 주동한 외세의 감언이설에 넘어갔을 뿐이고, 그자는 지금 군부의 요직을 차지하고 있소."

"……!"

철각사는 사태를 인지하며 슬쩍 미간을 찌푸렸다.

"지금 그 사실을 밝히는 이유가 뭐요? 설마 설 장군이 그자를 처리할 수 없다고 생각하는 거요?"

조위문이 바로 인정했다.

"어느 정도는 그렇소이다."

철각사는 못내 의혹에 잠긴 눈빛으로 조위문을 바라보며 물었다.

"상황이 그렇다면 귀하가 나서서 도우면 되지 않소?"

조위문이 어색한 미소를 흘리며 대답했다.

"그야 이를 말이겠소만, 그건 대협이 설 장군의 성품을 잘 몰라서 하는 말이외다. 설 장군은 자신의 일에 타인이 간섭하는 것을 지극히 저어하는 외곬의 성품이오. 해서, 최악의 상황이 아니라면 본관은 나설 수 없는 처지인데, 그때는 이미 설 장군의 피해가 막심할 것이라 심히 우려되는 바요."

철각사는 이제야 대충 사태를 인지하며 확인했다.

"그 말인 즉, 우리가 나서는 것은 괜찮다는 것이오?"

조위문이 웃는 낯으로 대답했다.

"대협이 나서는 것은 비공이 나서는 것과 같지 않소. 천하의 그 어떤 아비가 자식의 도움을 욕하겠소. 화를 낼지언정 내치지는 않을 것이오. 하물며 그 외세라는 것들이……!"

철각사는 말을 잘랐다.

"알만 하오. 마교의 사주를 받은 종자들이겠지요."

조위문이 바로 정중하게 공수했다.

"부탁하겠소."

철각사는 대답에 앞서 슬쩍 혈뇌사야를 바라보았다.

혈뇌사야가 묵묵히 고개를 끄덕이는 것으로 수긍을 표시했다.

철각사는 그제야 안색을 바꾸며 조위문을 향해 물었다.

"아까 듣자 하니 설 장군도 이미 움직였다고 하질 않소?"

조위문이 대답했다.

"그렇소. 어느 정도 진척이 되었는지는 몰라도, 이미 소통 작전이 시작된 것만큼은 틀림없소."

철각사는 실로 묘하다는 눈빛으로 조위문을 바라보며 물었다.

"그런데도 여태 이리 느긋한 것은 타고난 성격이요, 아니면 남모르는 다른 계획이 있어서요?"

조위문이 싱긋 웃는 낯으로 대답했다.

"그만큼 설 장군의 능력을 믿고 있다는 것으로 이해해 주면 고맙겠소."

철각사는 가만히 고개를 끄덕였다.

"일단은 그럽시다."

조위문이 고맙다는 듯이 거듭 공수하고는 슬쩍 종리매를 바라보았다.

종리매가 그 시선에 반응해서 나섰다.

"제가 안내하지요. 비공이 나선 일이라면 동창에서 본인 하나 정도는 설 장군께서도 이해해 주실 거요."

철각사는 묵묵히 고개를 끄덕이는 것으로 수긍하고는 혈뇌사야와 공야무륵, 흑영, 백영과 시선을 교환하고 나서 종리매를 향해 물었다.

"어디로 가면 되오?"

종리매가 서둘러 돌아서며 대답했다.

"오군도독부요!"

명나라를 건국한 태조, 홍무제(洪武帝) 주원장(朱元璋)은 한민족(漢民族)의 왕조를 회복시킴과 동시에 통치권을 강화하기 위하여 중앙집권적인 독재 체제 확립을 꾀하였다.

그중 대표적인 것이 승상제(丞相制)를 폐지하고, 내신(內臣 : 환관)은 정사에 관여할 수 없다는 철칙 아래, 육부(六部)를 독립시

키고 도찰원과 오군도독부를 설치하여 이들 통치기관을 황제의 직속에 둠으로써 절대적인 권력을 장악한 것이었다.

그리고 그 기조에 발맞추어 그 모든 통치기관을 황궁의 내부에 두었다.

모든 통치기관이 황제의 명령을 직접 받아서 수행한다는 것을 보다 더 명확하게 드러내기 위함이었다.

그러나 선대와 달리 작금의 오군도독부는 황궁의 내부가 아닌 외부에 자리하고 있었다.

어쩔 수 없는 일이었다.

작금의 황궁은 남경 응천부에 자리했던 이전의 황궁과 달리 연왕 주체가 거처하던 왕부였기 때문이다.

애초에 황궁의 규모를 넘볼 수 없는 제한에 따라 건축한 왕부인지라 주요 통치기관을 전부 다 수용하기에는 조금 협소했던 것이다.

각설하고, 그런 연유로 작금의 오군도독부는 황궁에서 동쪽으로 십여 리가량 떨어진 지역인 광양대로(光陽大路)변의 초입에 자리하고 있었다.

광양대로는 동문대로의 중동에서 시작되며, 서문대로의 중동에서 시작되는 창천대로(蒼天大路)와 더불어 동문대로와 서문대로를 잇는 대로이고, 지역적으로 북경성의 동문과 가까웠다.

바로 그 이유와 상대적으로 다른 곳보다 민가가 적다는 이유가 더해져서 예전부터 광양대로의 초입에는 산해관을 지원하는 군부의 천호소(千戶所)가 자리하고 있었는데, 그 천호소에 오군도독부의 공관(公館)들이 설치되었던 것이다.

그런데 철각사 등이 제독동창 조위문의 말을 듣고 종리매의 안내에 따라 황궁을 나서는 그때, 광양대로의 초입에 자리 잡은 오군도독부는 사방에서 불기둥이 치솟는 가운데 피바람이 몰아치고 있었다.

그리고 그것은 매우 아쉽게도 조위문의 예상은 물론, 황제의 밀명 아래 치밀한 계획을 세우고 마침내 행동을 개시한 거기장군 설인보의 의도와도 다른 불기둥과 피바람이었다.

"전군도독(前軍都督) 이창(李暢)과 후군도독(後軍都督) 자무열(慈武烈)만이 아니었습니다! 좌군도독(左軍都督) 조자홍(潮刺紅)과 그 예하의 장수들도 가담하고 있었습니다!"

설인보의 집무실로 다급히 뛰어 들어와서 보고하는 구복의 목소리는 귀에 거슬릴 정도로 떨리고 있었다.

사태가 얼마나 위중한지를 대변하는 것 같았는데, 과연 실로 그랬다.

전군과 후군, 좌군, 우군, 중군으로 구성된 오군도독부에서 전군과 후군, 좌군은 실루 중추라 할 수 있었다.

그도 그럴 것이, 전군도독은 하북과 하남, 산서, 산동의 군정을, 후군도독은 감숙과 녕하, 섬서, 호북의 군정을, 좌군도독은 안휘, 강서, 절강, 복건의 군정을 관리하고 통솔하기 때문이다.

요컨대 북경을 중심으로 사방의 군정을 통솔하는 도독들이

전부 다 적과 내통하며 사주를 받고 있었던 것이다.

그러나 탁자에 엉덩이를 걸치고 앉아서 보고를 들은 설무백의 태도는 어디까지나 냉정하고 침착했다.

"좌군도독 조자홍도 이상하긴 했어. 너무 빈틈이 없어서 오히려 수상쩍었지. 그래서 혹시나 하는 마음에 애들을 붙여 두었는데, 걔들이 다 조자홍과 측근의 군관들에게 나가떨어졌다는 거야?"

구복이 곤혹스러운 표정으로 진땀을 흘리며 대답했다.

"황양(黃梁)과 유안(劉顔)이 조자홍의 목을 베기는 했는데, 끝내 자리를 피하지 못하고 놈들 쪽의 무관들에게 당했습니다."

설인보가 이맛살을 찌푸렸다.

그가 처음으로 드러낸 감정이었다.

그럴 수밖에 없을 터였다.

황양과 유안은 그의 수족과 다름없는 왕인이 아끼는 수하 무관들이었고, 하나같이 뛰어난 실력을 가지고 있음을 그도 익히 잘 알고 있었기 때문이다.

"그쪽의 무관 누구에게?"

"제, 제가 모르는 얼굴이었습니다."

"네가 얼굴도 모른다면 하급 무관 중에서도 하급이라는 소리잖아?"

"그, 그게 그렇습니다. 그뿐 아니라, 그쪽 놈들 다 제가 아는 놈들도 제가 아는 놈으로 보이지 않았습니다."

설인보가 새삼 이맛살을 찌푸렸다.

"대체 그게 무슨 소리야?"

구복이 쩔쩔 매며 급히 대답했다.

"그러니까 그게, 도독동지(都督同知) 노식(盧植)과 도독첨사(都督僉事) 낙노조(洛怒潮), 그리고 그들 밑에서 잔심부름이나 하던 경력(經歷 : 종5품 관직) 서상위(徐相偉)와 도사(都司 : 종7품 관직) 섭양도(雙陽舀)까지, 하나같이 예사롭지 않은 무위를 보이고 있습니다. 멀리서 살펴본 것이긴 합니다만, 제가 아는 자들이 전혀 아닌 것 같았습니다!"

"음!"

설인보가 절로 묵직한 침음을 흘렸다.

그러자 창가의 의자에 앉아서 내내 침묵한 채 그들이 주고받는 대화를 듣고 있던 노장군, 표기장군 위광이 자리를 털고 일어나며 말했다.

"자네가 나름 자리를 만들고 기습을 했는데도 이 정도라니 정말 놀랍군. 아무래도 놈들의 간자들이 생각보다 더 깊이 또 많이 침투해 있는 것 같으이. 내가 나가 보도록 하지."

설인보가 찌푸린 얼굴로 반백의 귀밑머리가 늘어진 관자놀이를 긁으며 투덜거렸다.

"정말 짜증나는군. 위 장군이 나선다는 것은 내 계획이 실패했다는 뜻이니 말이야."

위광이 벽에 기대 놓았던 자신의 독문병기 방천화극을 들어서 어깨에 걸치며 히죽 웃었다.

"맨날 성공하면 재미없지 않나. 그래서야 내가 나설 자리가
없어서 섭섭하기도 하고."

설인보가 자리를 털고 일어났다.

"같이 가지."

위광이 인상을 썼다.

"어허, 이거 왜 이래? 자네는……!"

설인보가 씩, 하고 웃으며 말을 잘랐다.

"괜찮아. 어차피 자네가 당하면 내 뒤도 더는 없으니까."

나이는 말할 것도 없고, 직급으로 따져도 위광이 위였다.

대장군 아래 표기장군이고, 표기장군 아래 거기장군인 것이
다. 그러나 설인보와 위광은 나이와 직급을 떠나서, 그리고 작
금의 시대를 대표하는 군부의 문무쌍절이라는 명성과 상관없
이 서로가 서로를 인정하는 둘도 없는 친구였다.

그런 그들에게 자신의 고집을 내세우는 실랑이는 필요하지
않았다. 이미 서로의 마음을 읽고 있기 때문이다.

"하여간 고집은……!"

위광이 피식 웃으며 밖으로 향했다.

설인보가 따라 웃으며 그 뒤를 따라나섰다.

그러다가 그들은 동시에 멈추었다.

때를 같이해서 대청의 문이 벌컥 열리며 선혈이 낭자한 사내
하나가 안으로 들어왔다.

왕인이었다.

"조금 늦었습니다."

왕인이 힘겹게 웃는 낯으로 고개를 숙이고는 수중에 들고 있던 물건을 설인보와 위광의 면전에 내려놓았다.

아직도 핏물이 뚝뚝 떨어지는 전군도독 이창과 후군도독 자무열의 머리였다.

"죄송합니다."

힘겹게 이어진 사과와 함께 왕인은 고개도 들지 못한 채 그대로 앞으로 고꾸라졌다.

완전히 탈진해 버린 모습이었다.

구복이 재빨리 나서서 왕인을 부축했다.

그사이, 이창과 자무열의 머리를 확인한 설인보가 서둘러 집무실을 벗어나서 전각 밖으로 나섰다.

전각의 밖은 실로 아수라장이었다.

오군도독부의 요소요소가 불타며 시커먼 연기를 뿜어내는 가운데, 아직도 싸움이 정리되지 않아서 여기저기서 치열한 격전이 벌어지는 병장기 소리가 들려왔다.

그리고 때마침 저 멀리서 그를 주시하며 삼엄한 모습으로 다가오는 일단의 무리가 있었다.

설인보가 그들을 알아보고 고개를 갸웃하며 중얼거렸다.

"정말이네. 내가 아는 노식 등이 아닌 걸……?"

행불유경 行不由徑 (1)

현 오군도독부의 영내는 여전히 이전 천호소의 형태를 그대로 유지하고 있었다.

　늘어난 인원으로 인해 군데군데 간이 형태의 군막이 세워지고, 후원을 밀어 버리고 소규모 혹은 특수한 훈련에 사용할 새로운 연병장을 꾸민 것을 제외하면 대문 앞에 자리한 기존의 연병장도 그대로였다.

　설인보가 집무실인 전각을 나서자마자 오군도독부의 전경을 한눈에 살피며 저 멀리서 다가오는 도독동지 등 좌군도독부의 무리를 발견할 수 있는 이유가 거기에 있었다.

　기존의 천호소는 후원을 제외하면 연무장을 중심에 두고 정문을 제외한 벽을 따라 건물들이 늘어선 구조이고, 설인보의 집무실은 대문을 마주한 연무장의 끝이자, 오군도옥부의 중앙을 차지한 전각이기 때문이다.

또한 그래서 연병장을 가로지르고 있는 좌군도독부의 무리도 전각을 나선 설인보 등을 바로 알아보고 있었다.

"어이, 설 장군. 이거 너무하잖아. 어째 너무 잠잠하다 했더니만, 이렇게 뒤통수를 치시나 그래?"

좌군도독부의 이인자이자, 좌군도독 조자홍의 최측근 노릇을 하던 도독동지 노식이 손을 흔들며 외친 말이었다.

그런 그의 주변에는 장궁(長弓)을 메고 전통(箭筒)을 세 개나 찬 도독첨사 낙노조와 허리춤에 장검을 차고, 손에는 칼과 철퇴(鐵槌) 등으로 완전무장한 십여 명의 군관들이 따르고 있었다.

설인보는 대답 대신 예리한 눈초리로 그들을 훑어보고 나서 옆에 서 있는 위광에게 시선을 주며 물었다.

"확실히 다르지?"

위광이 동의했다.

"확실히 다르군. 낯짝을 찢어 보고 싶을 정도로."

설인보는 고개를 갸웃했다.

"가짜라는 건가?"

위광이 싸늘한 눈초리로 노식 등을 훑어보며 고개를 끄덕였다.

"노식이나 낙노조에게 저런 기도는 너무 과분해. 자네도 알다시피 무관이라지만 무술에는 도통 재주가 없는 놈들이었잖

아. 분명 사냥에서나 쓸 만한 재주였는데, 지금 저것들에게서는 제법 피 냄새가 나는군."

"그럼……?"

"노식이나 낙노조는 이미 죽었다는 소리지. 그런데 쟤들은 누구지? 서상위와 섭양도 곁에 붙어 있는 애들?"

설인보가 슬쩍 시선을 돌려서 확인하며 대답했다.

"좌군도독부 예하인 보기좌위(保旗左衛)와 평기우위(平旗右衛)의 주장(主將)들인 주칠(朱漆)과 금중(金中)이군. 나머지 애들은 그쪽에 속한 군관들로 보이고. 왜? 쟤들도 이상한가?"

위광이 묘하게 웃으며 대답했다.

"이상하군. 그것도 아주 많이."

"어떻게 아주 많이 이상한데?"

"쟤들의 기도가 노식이나 낙노조와 막상막하야. 내 눈이 틀리지 않다면 쟤들도 노식이나 낙노조와 비등하게 강하다는 말이지."

"……!"

설인보는 말문이 막힌 듯 이맛살을 찌푸리고 있다가 이내 신음처럼 나직이 중얼거렸다.

"결국 좌군도독부가 놈들의 본진이었다는 소리군. 내가 정말 멍청했어. 적의 본진은 고작 경계로 돌리고 엉뚱하게 수족부터 공격했으니 말이야."

위광이 피식 웃으며 위로했다.

"그리 자책할 필요 없어. 수족부터 자르는 것도 나쁘지 않은 책략이니까. 보다시피 그래서 이제 저놈들만 남았잖아."

설인보가 따라 웃으며 한숨을 내쉬었다.

"그래, 무진장 위로가 되네."

위광이 이번에는 말을 받지 않고 슬쩍 눈짓을 했다.

설인보도 이미 알고 있었던 것처럼 별다른 내색 없이 시선을 바로해서 좌군도독부의 노식 등을 바라보았다.

그들이 어느새 지근거리로 다가섰던 것인데, 이내 서너 장의 거리를 두고 발길을 멈춘 그들의 선두, 장대한 체구를 자랑하는 노식이 누런 이를 드러내며 말했다.

"이제 걱정 근심 다했으면 그만 본론으로 들어갈까 우리?"

설인보는 대답 대신 물끄러미 노식을 바라보다가 이내 쓰게 웃으며 중얼거렸다.

"확실히 면상부터가 부자연스럽군."

위광이 맞장구를 쳤다.

"그렇다니까 글쎄."

노식이 웃는 낯으로 살기를 드러냈다.

"이것들이 정말 아직도 세상 무서운 줄 모르고 있네?"

설인보가 그런 노식을 삐딱하게 바라보며 불쑥 물었다.

"너 노식 아니지? 너도 낙노조가 아니고?"

노식과 낙노조가 그저 웃었다.

비웃음으로 보였다.

설인보가 그게 상관없이 태연하게 따라 웃으며 다시 말했다.

"그간 별별 잡동사니들이 주제도 모르고 황궁을 노리고 군침을 흘리며 이런저런 모략을 꾸몄지. 그중에 마교의 족속들만 따져도 세 부류인데, 보아하니 너희들도 그쪽인 것 같구나. 일궁삼전오문십종이라던가? 그중에 너희들은 어디 소속이냐?"

노식이 음충맞게 키득거리며 대답했다.

"명색이 문절이라고 제법 여기저기 들쑤시고 다닌 모양이네. 정말 인정하지 않을 수 없네. 우리가 너무 방만하게 굴었어. 그러니 이렇게 뒤통수나 쳐맞았지. 그러니까……!"

음충맞은 미소를 거둔 노식이 싸늘해진 기색으로 변해서 말을 이었다.

"각오해. 실패하고 떠나는 마당에 무슨 일이 있어도 네놈의 머리는 가지고 갈 작정이니까!"

설인보는 유들유들한 표정으로 주변을 둘러보며 대꾸했다.

"그건 나와 우리 군부를 너무 무시하는 처사라 심히 섭섭하군."

노식이 그의 시선을 따라서 주변을 둘러보았다.

아직도 싸움이 정리되지 않았는지 여기저기서 병장기가 부딪치는 쇳소리와 함께 기합과 비명이 들려오고 있었다.

그러나 그건 말 그대로 아직 싸움이 정리되지 않았다는 뜻일 뿐이었다.

이미 싸움을 끝낸 장수들과 적잖은 숫자의 군사들이 연병장으로 나서며 삼엄하게 그들을 에워싸고 있었다.

"흐흐, 그렇게 말하면 나야말로 섭섭하지. 여기 오군도독부 주변에 황군의 천라지망이 펼쳐져 있다는 것쯤은 나도 알아. 그래도 그렇지, 고작 병졸 나부랭이로 우리를 막겠다니, 너무 심하잖아. 흐흐흐……!"

노식의 음충맞은 웃음소리가 길게 늘어졌다.

아무런 사전 동작도 없이 움직인 그가 시위를 떠난 화살처럼 빠르게 설인보를 덮치고 있었다.

장내의 그 누구도 예상치 못한 기습이었다.

노식의 칼끝이 아니, 칼끝보다 길게 늘어진 섬광이 설인보의 목을 베려는 그 순간, 설인보의 신형이 뒤로 날아갔다.

뒤에 서 있던 구복이 반사적으로 내민 손으로 그의 어깨를 잡아채서 내던진 것이었다.

쐐애액ㅡ!

노식의 칼끝이 헛되이 허공을 갈랐다.

그게 너무 분한지 혹은 믿을 수 없는지 대번에 두 눈을 크게 치켜뜨는 그의 전면으로 과격한 폭풍이 몰아쳤다.

"감히……!"

위광의 방천화극이었다.

마치 거대한 아름드리나무가 통째로 휘두르는 것과 같은 파공음이 터지고, 그게 걸맞은 기세가 일어나서 노식을 덮치고 있었다.

노식이 감히 경시하지 못하겠다는 눈빛으로 수중의 칼을 높이 쳐들어서 방천화극을 막았다.

깡-!

거친 금속성이 터지며 불꽃이 튀었다.

장내의 공기가 우렁우렁 울며 조각난 강기가 사방으로 비산했다.

그 와중에 노식이 뒤로 밀렸다.

무지막지한 방천화극의 압력에 눌리는 듯 팔이 구부러지면서였다.

"쳐라!"

노식이 발작적으로 외치며 밀리는 칼의 손잡이를 두 손으로 잡았다.

그의 명령을 들은 낙노조 등이 신형을 날리는 가운데, 방천화극의 힘에 밀리던 그의 칼이 겨우 멈추었다.

그와 상관없이 장내는 삽시간에 치열한 전장으로 변했다.

그 와중에 마주나선 구복 등을 무시하며 하늘 높이 신형을 날린 낙노조가 허공에 서서 설인보를 향해 시위를 당겼다.

위광이 노식과 병기를 마주 대고 있는 상태에서도 그것을 인지하며 다급히 소리쳤다.

"구복!"

구복도 이미 낙노조를 보았고, 벌써 움직이고 있었다.

하지만 그런 그의 전면을 막으며 흉악한 흉기인 철퇴를 휘두르는 자가 있었다.

"너는 내 몫이다!"

좌군도독부 예하인 보기좌위의 위장 주칠이었다.

"익!"

반사적으로 칼을 휘둘러서 주칠이 휘두른 철퇴를 막은 구복의 안색이 새파랗게 질렸다.

하늘 높이 떠오른 낙노조가 크게 당긴 시위를 놓는 모습이 그의 눈에 들어왔던 것이다.

화살이 걸리지 않은 시위였다.

그러나 낙노조가 시위를 놓는 순간 더할 수 없이 예리하게 느껴지는 기세가 쏘아지고 있었다.

화살이 필요 없는 경지에 오른 궁사(弓師)의 신기였다.

구복은 그제야 낙노조가 자신이 아는 진짜 낙노조가 아니라는 사실을 떠올리며 절망감에 사로잡혀서 소리쳤다.

"피하십시오!"

설인보는 피하지 않았다.

구복의 경고가 조금 늦기는 했지만, 그것과 무관하게 제아무리 무공을 익히지 않은 사람일지라도 지금 자신을 노리는 낙노조의 공격이 얼마나 위험한지 충분히 느낄 수 있을 텐데도 그대로 서 있었다.

너무 놀라거나 당황해서 혹은 겁을 먹어서 얼어붙은 것이 아니었다.

설인보는 목에 칼이 들어와도 그럴 수 없는 사람이었다.

그래서 지금의 그는 자신이 피할 수 있는 공격이 아니라고 판단하고 추한 꼴을 보이느니 차라리 그냥 당하고 말겠다는 고집을 부리는 것으로 보였다.

"아……!"

구복이 절로 허탈하고 허망한 탄식을 흘리는 그때, 설인보가 처한 상황에 한눈을 파느라 정작 그 자신도 주칠이 휘두르는 철퇴에 무방비로 노출되어 버린 그 순간에 한줄기 바람이 불어와서 낙노조가 화살 없는 활시위로 쏘아 낸 기세를 막아서 설인보를 구했다.

빡–!

둔탁한 쇳소리가 터졌다.

동시에 설인보의 면전에 훤칠한 키와 호리호리한 몸매를 가진 노인 하나가 나타났다.

반백의 머리카락을 정수리로 둥글게 말아 올려서 동곳을 꽂아 고정하고, 이마에는 유생건, 몸에는 유복을 걸쳤으나, 한쪽 눈이 없는 애꾸인데다가, 허랑하게 늘어진 왼쪽 바짓단 아래에는 거무튀튀한 철봉 하나가 다리를 대신하고 있어서 냉혹한 느낌이 강한 노인, 바로 철각사였다.

"아!"

구복이 다른 누구보다도 먼저 철각사를 알아보며 짧은 탄성을 발했다.

그 순간에 그의 전면에서 섬뜩한 파열음이 터지며 피가 튀었다.

퍽—!

놀랍게도 구복을 노리고 철퇴를 휘두르던 주칠의 이마에서 터진 파열음과 피였다.

어디선가 날아온 도끼가 그의 이마에 박힌 것이다.

극도의 고통 앞에서 비명조차 지르지 못한 주칠이 이마에 도끼가 꽂힌 채로 두 팔을 허우적거리며 뒤로 넘어갔다.

쓰러지는 순간에 목숨이 끊어진 듯 바닥에 널브러진 그는 더 이상 움직이지 않았다.

구복이 어리둥절해서 그 모습을 바라보고 있는 사이, 낯익은 사내 하나가 바닥에 쓰러진 주칠의 곁에 나타나서 이마에 박힌 도끼를 회수하며 그를 향해 씩, 하고 웃었다.

구복은 그제야 반색했다.

사내는 바로 그도 익히 잘 아는 사내인 공야무륵이었다.

장내의 상황이 한순간에 완전히 바뀌어졌다.

격전을 벌이던 모두가 그대로 모든 동작을 멈추며 꼼짝도 하지 않았다.

철각사와 공야무륵의 등장은 그처럼 강렬했다.

그때 철각사가 자신의 손바닥을 일별하며 공중에 떠 있는 낙노조를 향해 말했다.

"요수마궁 척비가 천하십대마병의 하나인 무시마궁으로 시전하던 무형시(無形矢) 같은데, 무시마궁은 잊어버렸나? 그걸로 시전했으면 나도 꽤나 아팠을 텐데 말이야."

"익!"

낙노조가 그제야 정신을 차린 듯 연속해서 시위를 당겼다가 놓았다.

대여섯 개의 기세가 연달아서 철각사를 향해 날아왔다.

철각사가 아무렇지도 않게 손바닥을 내밀어서 그 모든 기세를 막았다.

빡! 빡! 빡―!

연달아 폭음이 터졌다.

팽팽하게 조여진 가죽 북이 터지는 듯한 소리였다. 그리고 낙노조가 쏘아 낸 무형시는 흔적도 없이 사라져 버렸다.

낙노조가 경악하는 가운데, 철각사가 아무런 표정의 변화가 없어서 한가해 보이는 태도로 자신의 손바닥을 확인하고는 이내 다시금 낙노조를 올려다보며 웃었다.

"무시마궁으로 펼치지 않으면 아프지 않다니까."

그리고 그는 순간적으로 허리의 검을 뽑아서 공중에 떠 있는 낙노조를 향해 던졌다.

그의 손을 떠난 검이 거친 파공음을 내며 그림자도 남기지 않는 빠른 속도로 낙노조를 향해 날아갔다.

"어검술!"

누군가 부르짖었다.

철각사가 머쓱한 표정으로 고개를 저으며 말했다.

"그 정도는 아니지만, 위력은 대충 비슷할 거야. 예전부터 내 이름을 걸고 펼치던 비검술이니까."

말이 끝나기도 전에 그가 날린 검이 허공에 떠 있는 낙노조의 몸을 베고 지나갔다.

반으로 갈라지며 피를 뿌린 낙노조의 몸뚱이가 지상으로 추락했다.

검은 이미 허공을 돌아서 철각사의 수중으로 돌아와 있었다.

"천강비류십삼검(天罡飛流十三劍)!"

누군가 철각사의 비검술을 알아보며 부르짖었다.

철각사가 시선을 돌려서 그 사람을 확인했다.

위광의 방천화극을 칼로 막은 채로 힘겨루기를 하던 노식이었다. 철각사의 시선을 마주한 노식이 더욱 경악하며 말을 더듬었다.

"서, 설마 무왕이라고……?"

위광이 그 순간에 한눈을 팔고 있는 노식을 강하게 밀어붙였다.

"익!"

노식이 완강하게 버텼으나, 위광의 힘이 더 강했다.

그의 신형이 뒤로 밀렸다. 그리고 그의 두 발이 땅을 파고들며 고랑을 만들고 있었다.

그때 단말마의 비명이 터졌다.

"크악!"

대여섯 명의 군관들에게 협공을 받고 있던 좌군도독부의 경력 서상위였다.

비틀거리며 물러나는 그의 가슴에서 피가 뿜어지고 있었다. 군관 하나가 그림자처럼 그를 따라붙으며 칼을 휘둘렀다

서상위가 다급히 막았다.

챙-!

거친 쇳소리가 울렸다.

그사이 다른 군관이 그의 측면을 스치고 지나가며 칼을 휘둘렀다.

좌악-!

서상위가 반응하지 못하고 당했다.

목이 잘리며 비스듬히 옆으로 기울어진 그의 머리가 바닥으로 떨어졌다.

뒤늦게 그의 목에서 분수 같은 핏물이 솟구치고, 두 팔을 허우적거리는 몸통이 바닥으로 쓰러졌다.

"쳇!"

다른 서너 명의 군관들의 합공에 밀리고 있던 좌군도독부의 도사 섭양도와 평기우위의 주장 금중이 저마다 지상을 박차고 날아오르며 좌우로 흩어졌다.

도주였다.

"어딜……!"

공야무륵의 도움으로 상대가 죽어 버리는 바람에 본의 아니게 손을 쉬고 있던 구복이 득달같이 솟구쳐서 섭양도를 따라붙었다.

그러나 섭양도보다 먼저 꼬리가 잡힌 것은 반대 방향으로 신형을 날린 금중이었다.

정확히 말하면 꼬리가 잡힌 것이 아니라 앞이 막혔다.

흑백의 두 그림자가 홀연히 나타나서 그의 앞을 막아섰다.

흑영과 백영이었다.

"익!"

금중이 갑작스러운 흑영과 백영의 등장에 놀라면서도 다급히 방향을 옆으로 틀었다.

발을 디딜 것이 아무 곳도 없는 허공이었으나, 그는 그 정도는 능히 가능한 고수였다.

흑영과 백영이 동시에 반응해서 추적하려다가 이내 동시에 멈추었다.

지상에서 솟구친 한줄기 섬광이 금중을 덮치고 있었다.

"헉!"

금중이 기겁하며 본능적으로 수중의 칼을 휘둘러서 섬광을 막았다.

까강―!

거친 금속성이 터지며 불꽃이 튀었다.

금중의 신형이 여파를 감당하지 못하고 뒤로 튕겨 나가며 신음을 흘렸다.

"크으……!"

그와 동시에 튕겨 나간 섬광이 허공을 돌아서 지상으로 내려앉았다.

바로 철각사의 손이었다.

금중을 강타한 섬광의 정체는 바로 철각사가 날린 검이었던 것이다.

금중이 와중에 그것을 확인하며 다급히 신형을 돌렸다.

튕겨지는 반탄력을 이용해서 그대로 도주하려는 심산인 듯했다.

"그게 가능할까?"

철각사의 냉소와 함께 수중의 검이 살아 있는 물고기처럼 펄떡거리더니, 다시 허공으로 솟구쳐 올라서 금중을 향해 날아갔다.

그리고 이번에는 여지없이 금중의 목을 베고 지나갔다.

서걱-!

금중이 무언가 뒤로 다가온다는 느낌을 받은 듯 다급히 방향을 바꾸었으나, 이미 늦었다.

검이 이미 그가 방향을 바꿀 것을 예견한 것처럼 그쪽으로 휘어지며 그의 목을 베어 버렸다.

금중의 머리와 몸뚱이가 나란히 추락하는 가운데, 허공을 돌아서 지상으로 내려간 검이 철각사의 손에 안착했다.

"이런 빌어먹을……!"

위광의 힘에 밀리고 있던 노사가 그 모습을 보고는 싸움을 포기하며 멀찍이 뒤로 물러났다.

쾅―!

폭음이 터지며 흙먼지가 날렸다.

노사의 칼과 힘 대결을 벌이던 위광의 방천화극이 갑자기 마주한 힘이 사라지자 땅바닥을 후려친 것이다.

그때였다.

물러나던 노사가 기겁하며 본능적으로 돌아서며 경악과 불신에 찬 두 눈을 찢어질 듯 크게 부릅떴다.

돌아선 그의 면전에 서린 붉은 안개가 서서히 짙어지며 사람의 모습으로 바뀌고 있었기 때문이다.

"혀, 혈뇌사야!"

그랬다.

사람으로 드러난 붉은 안개의 정체는 피처럼 붉은 장포를 걸친 혈뇌사야였고, 노사는 붉은 안개가 사람으로 변하기도 전에 그것이 혈뇌사야임을 알아보았던 것이다.

혈뇌사야가 그런 노사를 바라보며 누런 이를 드러내며 웃었다.

"흐흐, 어째 낯설지 기색이다 했더니 너였구나, 야율백담(耶律白潭). 이거 반가워서 어쩌지? 흐흐흐……!"

노사의 정체가 드러나는 순간이었다.

지금의 노사는 진짜 노사가 아니라 마교총단의 칠공자 야율 적봉이 적통을 이은 유명전의 십대고수이자, 지옥삼룡의 하나인 진천비룡(震天飛龍) 야율백담이었던 것이다.

"어, 어떻게 당신이 여기에……?"

야율백담은 실로 정신을 차리지 못할 정도로 혼란스러운 눈치였다. 그럴 수밖에 없었다.

지금 그의 입장에선 혈뇌사야는 지금 이곳에 나타날 사람이 절대 아닌 것이다.

반면에 혈뇌사야의 붉으죽죽한 눈은 흥미로 가득 차올랐다.

"그러니까, 칠공자도 못내 대륙의 황궁이 탐났다 이것이로구나. 왜? 이공자에게 밀리는 전세를 극복하려니 대륙의 황궁이 가진 전력이 필요했던 게냐?"

야율백담은 대답 대신 복잡하게 뒤엉킨 감정으로 흔들리는 눈동자를 이리저리 굴렸다.

뭐라고 설명하기 어려운 감정의 흐름이 격류가 되어서 차고 넘치는 모습이었다.

혈뇌사야가 그 모습을 보고는 보란 듯이 손가락 하나를 들어서 좌우로 흔들었다.

"아서라 말아라. 하늘이 무너지고 땅이 꺼지는 한이 있어도 네가 이 자리를 벗어나는 일은 없을 거다."

혈뇌사야의 말이 사살인지 아닌지는 모르겠으나, 결과적으로 그렇게 되었다. 적어도 야율백담은 그의 말이 사실임을 확실하게 인정한 것 같았다.

아니, 어쩌면 자신의 실패에 대한 책임을 지려는 것인지도 몰랐다.

그는 누가 말릴 사이도 없이 순간적으로 들어 올린 두 손으로 스스로의 머리를 쳐서 깨트려 버렸다.

붉은 피와 허연 뇌수가 튀는 가운데, 즉사한 그는 썩은 기둥처럼 옆으로 쓰러졌다.

일시지간 장내가 얼어붙은 듯이 조용해졌다.

혈뇌사야도, 그리고 그 광경을 묵도한 주변의 다른 사람들도 하나같이 눈살을 찌푸리며 장승처럼 굳어져 버렸다.

"쳇!"

이윽고, 혈뇌사야가 헛소리를 내며 중얼거리는 것으로 장내의 무거운 침묵을 깨트렸다.

"아직도 목숨으로 자신의 실패를 책임지는 녀석이 남아 있다니, 이거 아무래도 생각을 달리 해야겠는 걸? 이공자의 광증보다는 이런 수하를 거느린 칠공자가 더 무섭지 않나 싶군."

말과 함께 혈뇌사야가 그 자리에서 붉은 안개로 흩어졌다.

이제 더는 자신이 나서지 않아도 된다고 생각하며 사라진 것 같았다.

그 덕분에 졸지에 모두가 침묵하고 있는 장내의 분위기가 무색해졌는데, 때마침 그때 종리매가 나타났다.

사실 철면신 등과 함께 왔으나 뒤로 빠져 있다가 이제야 나선 것이었다.

"아시다시피 비공이 거느린 사람들입니다. 비공이 못내 이번설 장군님의 행사가 마음에 걸렸는지 사전에 이 사람들을 보낸 것 같습니다."

종리매가 딴에는 천연덕스럽게 웃으며 설인보를 향해 말했다.

잠시 침묵한 채 그를 물끄러미 바라보던 설인보가 불쑥 말했다.

"나는 아무것도 안 물어봤소만?"

"아……!"

종리매가 무색해진 표정으로 멋쩍은 미소를 흘리며 은근슬쩍 설인보의 시선을 피했다.

무공은 몰라도 언변에는 약한 그인 것이다.

다행스럽게도 그때 공야무륵이 다가와서 인사하는 것으로 난감해하는 그를 구했다.

"그간 적조했습니다. 상황이 다급해서 미리 말씀드리지 못하고 참견한 점 너그럽게 용서해 주십시오."

공야무륵이 공수하고, 그 뒤에 선 철각사와 흑영, 백영도 따라서 공수했다.

설인보가 의외로 대수롭지 않게 인사를 받고는 가장 멀찍이 뒤로 빠져 있는 철각사에게 시선을 주었다.

"낯선 분이시군?"

공야무륵이 옆으로 비켜서며 철각사를 소개했다.

"일전에 새롭게 맞이한 식솔입니다. 사정이 있어서 지금은 풍잔이 아니라 북경상련에서 지내고 있는데, 이번에 주군이 북경에 오는 바람에 잠시 합류했습니다."

철각사는 나서지 않을 작정으로 공야무륵의 뒤에 선 것이었다.

본디 앞에 나서는 것을 좋아하지 않는 사람이며, 타고난 야인이라 황궁과 얽히는 것은 더욱 기피하는 사람인 것이다.

그러나 굳이 알은척을 하는데, 무시하는 것은 예의가 아니었다.

상대는 누가 뭐래도 그가 상전으로 인정한 설무백의 친부였기 때문이다.

"처음 뵙겠습니다. 철각사라고 합니다."

철각사라는 이름이 본명이 아님은 누구라도 쉽게 알 수 있을 터였다.

그럼에도 불구하고 설인보는 아무렇지도 않게 수긍하며 마주 공수하는 것으로 예의를 다했다.

"반갑소. 다른 용무가 있는 게 아니고, 그저 소장이 아는 어떤 어르신과 비슷한 인상이라 알은척을 했던 것이니, 너무 되바라지다 욕하지 말길 바라오."

철각사는 대수롭지 않게 웃으며 말을 받았다.

"아, 예. 그러셨군요. 괘념치 마십시오. 먼저 인사드리지 못한 제가 더 죄송스럽습니다. 본디 어디 가도 나서기 싫어하는 숙맥이라 그런 것이니, 너그럽게 이해해 주십시오."

설인보가 천만에 말씀이라는 듯 거듭 공수하고는 이내 굳이 부연하며 물었다.

"제가 말한 어르신은 바로 폐하의 장인이시며, 과거 소장이 모시던 하후연 대장군과 함께 군부의 양대 산맥으로 불리시던 위국공이시오. 혹시 아시오?"

철각사는 어색한 미소를 흘리며 고개를 저었다.

"아니요. 제가 본디 태생이 촌무지렁이라 그런 귀족들과는 거리가 아주 멉니다. 세상에 비슷한 사람이 어디 한둘이겠습니다. 그저 그런 게지요."

"그렇군요."

설인보가 고개를 끄덕이는 것으로 수긍하고는 멋쩍은 표정으로 뒷머리를 긁으며 웃었다.

"하긴, 소장이 본디 사람을 보는 눈이 트릿하긴 합니다. 하하하……!"

그때 장내가 술렁거렸다.

설인보도, 그리고 철각사 등 주변의 사람들도 바로 그 이유를 알아보며 안색을 바꾸었다.

저 멀리 연무장의 시작인 대문을 통해서 흑의사내 하나가 다급하게 뛰어오고 있었다.

종리매가 다른 누구보다도 먼저 흑의사내를 알아보며 고개를 갸웃거렸다.

"저 친구가 왜……?"

설인보를 위시한 철각사와 공야무륵 등도 종리매와 같은 기색이 되었다.

흑의사내는 바로 그들도 안면이 있는, 정확히는 조금 전까지 같이 있던 동창의 이형백호 정소동이었기 때문이다.

그때 불길이 잡히고 있는 오군도독부의 동편 건물 너머의 어두운 밤하늘로 반짝이는 불꽃이 떠올랐다. 그리고 이어서 휘파람 소리 같은 울음이 아득하게 들려왔다.

휘유우우-!

대초명적(大哨鳴鏑)의 울음이었다.

화살 깍지 앞에 둥근 구체를 붙여 놓고 거기에 구멍을 뚫어서 화살을 날리면 휘파람 소리가 나는데, 주로 군부에서 누군가를 추적할 때나 혹은 중요한 사태를 알릴 때 사용하는 신호였다.

설인보가 바로 알아차리며 안색이 변해서 말했다.

"적의 공격이다!"

때를 같이해서 그들의 면전에 이른 동창의 이형백호 정소동도 떨리는 목소리로 같은 내용을 말했다.

"산해관의 대둔산(大屯山)에 봉화(烽火)가 올랐습니다! 어서 빨리 폐하께 가 보셔야겠습니다!"

설무백은 그 시간 아흔아홉 칸의 황궁서고 중 아흔 여덟 번째 서고를 뒤지고 있었다.

실로 빠른 속도, 그가 외부의 상황과 상관없이 전심전력으로 서두른 결과였다.

그리고 나름 결과도 있었다.

제법 뛰어난 십여 권의 무공도보(武功圖譜)를 찾아냈다.

그중에서도 아미파의 절기인 난파풍검법(亂波風劍法)과 등천능운십팔식(騰天凌雲十八式), 그리고 화산파의 절기인 매화일선검(梅花一線劍)과 비전신공인 매화오품지(梅花五品指), 점창파의 절기인 적룡십팔도(赤龍十八刀) 등 구대문파의 무공은 실로 예상하지 못한 의외의 소득이었다.

그 모든 절기가 이미 실전된 것으로 알려져 있어서 더욱 그랬다.

그러나 그것들을 포함해서 나머지 무공서의 절기들도 설무백이 만족할 만한 무공은 아니었다.

적어도 마교의 마왕들을 상대할 수 있을 정도의 무공을 바랐는데, 그런 것들은 찾아낼 수가 없었다.

물론 하나에서 열까지 모든 서책을 살펴본 것은 아닌지라 아직 실망하기에는 일렀다.

애초에 계획대로 낡고 오래된 서책부터 살핀 까닭에 마지막

서고를 살피고 나면 다시 처음으로 돌아가서 보다 더 집중적으로 다른 서책들을 한 번 더 살필 예정이었다.

설무백은 그런 생각으로 마지막 서고의 서가들을 살피다가 문득 고개를 갸웃거리며 지나온 서가로 다시 돌아갔다.

잘못 본 것이 아닌가 했는데, 아니었다.

서가의 가장 윗부분에 꽂혀 있는 서책의 이름이 대방광불화엄경(大方廣佛華嚴經)이었다. 그리고 그 옆에 나란히 꽂혀 있는 두 개의 서책 또한 대반야바라밀다경(大般若波羅蜜多經)과 유마힐소설경(維摩詰所說經)이라 적혀 있는 불가의 경서인 대승경전(大乘經典)이었다.

대방광불화엄경은 석가모니가 성도한 깨달음의 내용을 그대로 설법했다는 대승 경전의 정화(精華)로, 달리 화엄경(華嚴經) 불리고, 대반야바라밀다경은 부처님의 완전한 지혜의 실천이라는 반야바라밀(般若波羅蜜)의 깊은 이치를 설법한 경전의 총칭이다.

달리 반야경(般若經)이라고 불리며, 유마힐소설경은 불세출의 승려인 유마거사(維摩居士)와 문수보살(文殊菩薩)의 문답을 통한 대승(大乘)의 진리를 기록한 불경으로, 유마경(維摩經)이라고도 불린다.

"불가의 경전이 여기에 왜……?"

황궁서고에 불가의 경전은 어울리지 않았다.

그 이질적인 느낌이 그가 발길을 돌린 이유였다.

설무백은 혹시나 하는 마음으로 서가의 상단에 꽂혀 있는 불경 중 하나인 대방광불화엄경을, 바로 화엄경을 향해 슬쩍 손을 내밀었다.

고도의 허공섭물이 발휘되며 스르르 서가에서 뽑힌 화엄경이 그의 손으로 날아왔다.

설무백은 그 화엄경을 펼쳐서 내용을 살펴보았다. 그리고 이내 두 눈에 기대에 찬 빛이 켜졌다.

시작은 시중에서 흔히 볼 수 있는 불경의 내용이었으나, 책장을 대여섯 장을 넘긴 이후부터는 전혀 다른 내용이 적혀 있었다.

누군가가 써 놓은 일기장의 일부로 보였는데, 그 내용이 처음부터 예사롭지 않았다.

모월 모일. 나는 오늘 그에게 패배했다. 불과 한 치였다. 내 검 끝은 그에게 닿지 못했고, 그의 검은 나를 베었다. 왜 같은 극고의 경지인데 검강이 어검술에 밀리는 걸까? 고민이 필요하다. 나는 일 년 후를 기약하고 산을 내려왔다.

'검강과 어검술!'
설무백은 서둘러 다음 장을 읽어 나갔다.

모월 모일, 나는 오늘도 그에게 패배했다. 일 년을 절치부심 노력했는데, 한 치의 거리는 전혀 좁혀지지 않았다. 하물며 그는 자신의 어검술이 아직 완성되지 않았다는 말로 나를 절망에 빠르렸다. 나는 다시 일 년 후를 기억하고 산을 내려올 수밖에 없었다.

모월 모일. 나는 고심 끝에 그를 만나러 가지 않기로 결정했다. 그와의 약속을 어기는 것은 심히 미안한 일이나, 어쩔 수 없다. 나는 아직 그와의 거리를 좁히지 못했다. 내공의 문제일까, 심상의 문제일까? 신검이나 심검의 궁극은 차이가 없어야 하거늘 왜 차이가 나는 것일까? 아무래도 무언가 특단의 조치와 노력이 필요할 것 같다.

모월 모일. 일 년간 천하 각지의 이름난 고수들을 찾아다니며 비무를 했지만, 나는 여전히 그와의 거리를 좁힐 수 있는 방법을 찾아내지 못했다. 실전을 통한 모색만이 해결책을 찾아낼 수 있다고 생각했는데, 혹시 내 생각이 틀린 건가? 아무려나, 이번 해에도 나는 그를 찾아가지 않겠다.

모월 모일. 아무래도 실전을 통한 수련으로 그와의 거리를 좁히겠다는 내 생각이 틀린 모양이다. 괜히 그 바람에 쓸데없는 악명만 얻고 말았다. 살수라니, 무상의 경지를 바라며 스스로 지은 일점홍이라는 이름이 살수의 대명사가 되어 버렸다. 난 상대를 죽이기 위해서 비무한 것이 아닌데…… 하긴, 나와 비무한 상대가 죄다 죽어 버렸으니…… 아무튼, 이번 해도 그와의 약속을 지키기는 틀렸다.

"일점홍!"
설무백은 자신도 모르게 반색했다.

과거 천하제일살수로 명성을 날린 일점홍의 이름은 그도 익히 잘 알고 있었다. 작심하고 노리면 천하제일 고수도 살아남지 못할 거라는 전설의 살수가 바로 일점홍인 것이다.

실로 기대에 차 버린 그는 서둘러 다음 이야기를 읽어 나갔다.

모월 모일. 일점홍이라는 이름에 덧씌워진 악명을 지우기 위해 지난 일 년 동안은 대마(大魔)들과 거흉(巨兇)들만 찾아다니며 바무를 했다. 하지만 악명이 지워지기는커녕 더욱 지독해졌다. 이젠 아주 천하제일살수란다. 젠장!

모월 모일. 어제 몸에 밴 피 냄새를 지울 속셈으로 잔뜩 술을 퍼마시고 잤는데, 아침부터 창밖에서 울어 재끼는 까치 때문에 기분 나쁘게 잠에서 깼다. 무심결에 머리맡에 있던 술잔을 잡아서 던진 모양이다. 일어나 보니 창밖에 죽은 까치와 깨진 술잔이 널려 있었다.

모월 모일. 사흘이 지난 오늘에서야 나는 알았다. 기억은 없는데, 술을 퍼마시고 까치 때문에 선잠에서 깨어난 그날 아침, 내가 무심결에 일선기(日仙氣)를 시전한 모양이다. 오랜만에 주변 청소를 하다가 확인하게 되었는데, 죽은 까치의 이마에 구멍이 뚫려 있었다. 신기하게도 아니, 놀랍게도 까치의 이마에 뚫린 구멍이 내가 검으로 펼쳤을 때보다도 더 작고 정교했다. 분명 술잔을 던졌는데……! 이거 무언가 있다!

모월 모일. 다시 일 년이 지나서 그와의 시간이 돌아왔으나, 나는 이번에도 포기하기로 했다. 대신 내년을 기약한다. 그날 깨우친 것의 궁극을 손에 넣을 수만 있다면 나는 그와의 거리를 좁힐 수 있을 것이다.

모월 모일. 드디어 무아지경의 손속, 생각보다 빠른 동작이 가능해졌다. 생각과 마음이 움직이고 몸이 가는 것이 아니라 몸이 먼저 움직이고 마음이 이어지는 경지가 바로 이제 나 일점홍의 검이다!

모월 모일. 나는 지금 드디어 그를 만나러 가려고 한다. 하지만 막상 가려니 두렵다. 지금 나는 분명 그와의 거리를 좁혔고, 어쩌면 앞설 수도 있다고 생각하지만, 지금의 그는 그때의 그가 아닐 것이기 때문이다. 해서, 나는 이번에 목숨을 걸 생각이고, 따라서 나의 심득을 남기고자 한다. 돌이켜 보면 후인 하나 남기지 않는 내 인생이 분하지만, 어쩌겠나. 이게 나 일점홍인 것을. 내 심득을 얻은 자여, 부탁하는데, 부디 다른 누구도 아닌 너 자신을 위해서만 내 심득을 사용하기 바란다.

일기처럼 혹은 수기처럼 써진 천하제일살수 일점홍의 충격적인 글은 타고난 그의 자유분방한 성품을 대변하는 당부로 끝을 맺었다.

그리고 그다음부터는 한 초식으로 시작되고 끝나는 무공의 오묘한 구결이 적혀 있었고, 다시 또 그 뒤에는 콩알만큼 작은 사람이 손에 검을 들고 갖가지 자세를 취하고 있는 그림이 나열되어 있었다.

바로 일점홍의 심득이 담겨진 무공도보(武功圖譜)인 것이다.

그러나 설무백이 실로 깜짝 놀란 것은 그다음이었다.

무공도보의 마지막에는 여태까지 그가 보고 읽은 그 무엇보다도 더 놀랄 만한 한마디 글귀가 적혀 있었다.

기다려라, 삼봉(三峯)!

일점홍이 해마다 비무를 하고 또 넘어서려던 상대는 다름 아니라, 천하삼천존이라는 이름 아래, 낭왕 이서문, 소림사의 달마대사와 더불어 고금제일을 다투는 무당파의 조사 장삼봉이었던 것이다.

'신검이든 심검이든 궁극은 수련을 통해서 점진적으로 성취하는 것이 아니고, 내공의 고하로 결정되는 것도 아니다. 오직 돈오의 순간을 맞이하는 선승처럼 스스로도 이해하기 어려운 한순간의 깨달음을 통한 비약으로만 가능한 것이다!'

설무백은 황당과 놀람의 와중에도 일점홍이 얻은 성취가 어떻게 가능했던 것인지를 떠올리다가 이내 급히 정신을 차리며 허공섭물을 발휘해서 나머지 두 권의 불경인 대반야바라밀다경과 유마힐소설경을, 바로 반야경과 유마경을 손에 넣었다.

나란히 꽂혀 있던 세 권의 불경 중 하나인 화엄경이 이정도 내력을 가졌다면 나머지 반야경과 유마경도 그에 버금가는 내력을 가졌을 확률이 높기에 그는 적잖게 흥분되었다.

아니나 다를까, 과연 그가 서둘러 펼쳐 본 반야경은 기대를 저버리지 않았다.

반야경도 앞선 화엄경처럼 시작은 시중에서 흔히 볼 수 있는 불경의 내용이었으나, 책장을 대여섯 장을 넘긴 이후부터는 전혀 다른 내용이 적혀 있었다.

그것도 화엄경과 달리 처음부터 그조차 놀랄 만한 이름으로 시작되었다.

　무림광자(武林狂者) 소해(小海)가 남긴다.

설무백은 절로 반색하며 눈을 빛냈다.

일점홍과 마찬가지로 소해 역시 그가 익히 잘 아는 인물이었다.

일점홍이 천하제일살수라면 소해는 천하제일기인(天下第一奇人)으로 불리던 인물이었다. 그리고 소해가 그렇게 불린 이유는 무림광자라는 별호와 이어져 있었다.

그는 무림에서 광자, 즉 미친놈으로 불리던 사람이었는데, 바로 그 이유 때문에 지금 설무백이 반색한 것이었다.

소해는 무언가를 수집하는 것에 미쳐서, 바로 무언가를 광적으로 수집하는 바람에 광자라 불린 것인데, 그 무언가가 바로 강호무림에서 일절로 불리는 무공이었던 것이다.

"이거야말로 보물이네. 무림광자 소해가 수집한 무공이라면 기대해 볼만 하다!"

설무백은 기대에 차서 흥분한 감정을 애써 억누르며 다음 책장을 넘겼다.

그런데 그가 그 책장의 내용을 확인하려는 순간이었다.

끼이익-!

황궁비고의 철문이 열리는 소음이 들려왔고, 그 뒤로 귀에 익은 목소리가 울렸다.

"죄송합니다, 비공. 조위문입니다."

과연 조위문의 목소리였다.

조위문이 고지식한 성격답게 황궁비고 안으로 들어오지 않고 문밖에서 설무백을 부르고 있었다.

"무슨 일이오?"

설무백이 의아해하며 묻자, 조위문이 대답했다.

"어제 저녁에 약간의 사고가 있었습니다. 그 일로 폐하께서 잠시 비공을 청하셨습니다."

설무백은 절로 이맛살을 찌푸렸다.

얼마든지 마음껏 보라며 시간을 내준 황제가 갑자기 하루도 지나지 않아 부르는 이유는 그리 많지 않을 것이고, 그마저 좋은 일은 아닐 것이라는 생각이 들었다.

그리고 과연 그랬다.

조위문이 바로 조심스럽게 그것을 알려 주었다.

"몽고족의 발호입니다."

행불유경行不由徑 (2)

"최악의 상황입니다."

같은 시간, 황제의 집무실이었다.

주요 통치기관의 수장들인 대소신료들과 군부의 중핵을 이루는 지휘관인 표기장군 위광과 거기장군 설인보가 참석한 그 자리에서 실로 오랜만에 성장 차림으로 황제를 마주한 위국공은 그렇게 보고를 시작했다.

황제는 그것을 인정하고 싶지 않은 것 같았다. 아니, 어쩌면 인정하기 때문에 위국공이 늘어놓으려는 이른바 최악의 상황에 대한 보고를 의식적으로 듣고 싶지 않은 것일지도 모른다.

그래서 위국공의 말을 끊으며 말했다.

"우선 전령(傳令)의 보고와 전통(傳通)부터 확인하지요. 다들 사태를 명확히 알아야 할 테니까요."

"예, 알겠습니다."

위국공이 바로 수긍하며 대소신료들과 장군들의 끝자락에 엎드려 있는 예닐곱 명의 젊은 장수들에게 시선을 주었다.

세외와 관외 지역에 주둔한 군영에서 말을 갈아타며 달려온 전령들이었는데, 그들의 보고는 하나같이 일관된 것이었다.

몽고의 대군이 나타났고, 산해관을 비롯한 하북성의 관문들을 제외한 모든 관문은 이미 무너졌으며, 관문 안쪽에 주둔한 군영의 지근거리에 몽고의 대군이 주둔해서 대치하고 있다는 전갈이었다.

그리고 그들보다 먼저 도착한 전통의 내용들도 전부 다 일맥상통했다.

옥문관(玉門關) 연락 두절. 전령으로의 소통도 되지 않음. 적의 수중으로 넘어간 것으로 보임.

측선진(側線鎭)은 가욕관(嘉峪關)을 버리고 후방인 민악부(民樂府)의 초입인 설악평(雪嶽坪)으로 진영을 옮겨서 몽고군과 대치.

환현관(環縣關)에 몽고의 대군 출현. 관문을 마주한 대리평(大理坪)에 군영을 차리고 있음.

섬서성 유림관(杻林關)에 몽고군의 대군 출현. 진영을 갖추고 있음.

산서성 서부 하곡관(河曲關)에 몽고군 출현.

산서성 북중부 대동관(大同關)에 몽고군 출현.

산서성 북부 양고관(陽高關)에 몽고군 출현.

하북성 북서부 장북관(張北關)에 몽고군 출현. 소규모의 기병으로, 정확한 인원은 확인불가.

하북성 북중부 위장관(圍場關)에 몽고의 기병 출현. 대략 오백여 기로 확인됨.

하북성 북동부 승덕관(承德關)에 몽고의 기병 출현. 대략 오백여 기로 확인됨.

산해관에 몽고의 대군 출현. 대략 이만 이상의 병력이 성 밖에 진영을 꾸리고 있음. 진황도의 군영인 장각진의 주장 추기장군 반홍의 지원군과 함께 대치 중.

황제의 지시에 따라 황제의 면전에 쌓인 전서를 간단명료하게 읽은 위국공은 슬쩍 좌중의 분위기를 살피며 마지막 전서를 내려놓았다.

"이상입니다."

황제가 가만히 고개를 끄덕이며 위광과 설인보에게 시선을 주었다.

"어떻게들 생각하시오?"

위광이 슬쩍 설인보를 바라보는 것으로 대답을 양보했다.

설인보가 대답했다.

"지난날 옥문관을 지키다가 전사한 도위 위진보와 그 이후에 파견된 도위 장유(張流)는 전혀 다른 인물입니다. 폐하. 위진보는 고작 천호소에도 미치지 못하는 병사만을 거느리고도 그 지역 유지들의 입김에 굴하지 않고 옥문관을 지켰으나, 장유는 임관한 그날로부터 그 지방 유지들과 적극적으로 소통하던 자였습니다."

"소통이 나쁜 건가?"

"말이 좋아서 소통이지, 내통입니다, 폐하. 그 지방 유지들의 대부분이 몽고의 칸들과 긴밀한 관계를 유지하던 자들이었으니 말입니다. 따라서 이번에 옥문관과의 연락이 두절된 것은 그런 쪽으로 판단하시는 것이 좋을 듯합니다, 폐하."

황제가 직설적으로 물었다.

"장유는 역심을 품은 자다?"

설인보가 바로 인정했다.

"예, 그렇습니다, 폐하."

황제가 가만히 고개를 끄덕이며 수긍하고는 재우쳐 물었다.

"하면, 측선진의 주장인 안이경(安二驚) 장군이 가욕관을 포기하고 민악부까지 물러난 선택은 어떻게 생각하시오?"

설인보가 그 역시 대수롭지 않다는 투로 대답했다.

"가욕관은 인근의 주천부에 마교의 총단이 주둔했을 때부터 경계나 방어적인 측면에서 이미 유명무실한 관문으로 변해 있었습니다. 마교총단이 마음만 먹으면 언제든지 뒤를 노릴 수 있는 관문이 무슨 소용이겠습니까."

"설악평은 거기서 그다지 멀리 떨어지지 않은 장소로 아는데, 거긴 다르다는 거요?"

"예, 다릅니다. 민악부의 초입인 설악평은 높고 낮은 구릉이 중첩되어 있어서 진입로가 지극히 제한적이라 전략적으로 경계와 방어가 매우 용이한 지형입니다. 소장은 안(安) 장군의 선택을 적극 지지하고 있습니다. 설악평의 지역적 특성에 안 장군의 지략과 용맹이 더해진다면 측선진은 약간의 지원만으로도 능히 몽고의 대군을 막아 낼 수 있을 것이라 사료됩니다."

"약간의 지원이라면……?"

"폐하의 명령에 따라 이번에 재편한 북경 수비대인 영무위와 용호위의 군사는 각각 네 개의 위소(衛所)에 해당하는 병력으로, 단지 북경 수비만 전담하기에는 차고 넘치는 병력입니다. 해서, 소관의 생각으로는 제이열에 해당하는 용호위의 두 개 위소 병력을 각기 측선진과 산해관을 지원하는 것이 어떨까 합니다."

위소는 군사의 편제인데, 대체로 오천육백 명을 기준으로 하며 그 아래는 일천일백이십 명을 기준으로 하는 천호소(千戶所)과 일백일십이 명을 기준으로 하는 백호소로 나뉜다.

즉, 북경 수비대의 이차 방어선인 영무위와 일차 방어선이자 외각 방위선에 해당하는 용호위의 군사는 각기 네 개의 위소에 해당하는 인원으로, 사만사천팔백 명의 대군인 것인데, 이는 기존에 비해 배로 늘어난 병력이었다.

남경에서 북경으로 천도한 이후, 적어도 당분간은 북경 수비를 강화할 필요가 있다는 것이 황제는 물론, 대소신료의 공통된 생각이었던 것이다.

"측선진은 그렇다 치고, 산해관도 지원이 필요한 것이오?"

"비록 폐하께서 자리를 비운 시기에 벌어진 일이기 하나, 산해관은 벌써 한차례 외세의 손에 넘어간 경험이 있습니다. 그로 인해 대폭 인원을 늘리고 경계를 강화했으나, 그것으로도 부족할 수 있다는 것이 소장의 판단입니다. 산해관에서 북경은 그야말로 지척입니다. 산해관이 뚫리면 곧바로 북경성을 침탈당할 수 있음을 경계하셔야 합니다, 폐하."

황제가 묵묵히 고개를 끄덕이는 것으로 수긍하며 물었다.

"바로 시행해야 할 일이겠지요?"

설인보가 지체 없이 고개를 숙이며 대답했다.

"그렇습니다, 폐하."

황제가 바로 수락했다.

"그럼 당장 그리하시오."

"성은이 망극하옵니다, 폐하."

설인보가 거듭 깊이 고개를 숙이며 감사를 표했다. 그리고 다음 일은 일사천리로 진행되었다.

설인보가 곧바로 지근거리에 서 있는 용호위의 위장(衛將) 정강(丁强)에게 시선을 주자, 정강이 지체 없이 수긍하며 밖으로 나갔고, 금세 돌아와서 예하의 두 개 위소 병력이 각기 측선진과 산해관으로 출발했음을 보고했다.

사전에 이미 계획되어 있지 않았다면 절대 그럴 수 없을 정도로 신속한 처리였고, 행동이었다.

황제가 만족한 표정을 지으며 다시금 설인보에게 시선을 고정했다.

"이제 급한 불은 끈 것이오?"

설인보가 어색하게 굳어진 표정으로 대답했다.

"황송하게도, 이제 시작입니다, 폐하."

황제가 못내 이맛살을 찌푸리며 물었다.

"또 어떤 급한 불이 남은 것이오?"

설인보가 새삼 정중하게 고개를 숙이며 말했다.

"현 군의 상황을 보고드리겠습니다, 폐하. 실로 대역무도하게도 오군도독부 산하 전군도독 이창과 후군도독 자무열, 그리고 좌군도독 조자홍과 그 예하의 참모들이 몽고족과 내통했다는 정황에 따라 대역죄로 다스렸습니다. 사전에 폐하의 밀명을 받았다고는 하나, 그들을 대역죄로 선 조치 후 보고하는 점 깊이 고개 숙여 사죄드립니다, 폐하."

황제가 쓰게 웃었다.

"하여간, 고지식하기는…… 알겠습니다. 그건 알겠는데, 그 정황이라는 건 어떤 겁니까?"

설인보는 대답에 앞서 슬쩍 곁에 서 있는 구복에게 시선을 주었다.

구복이 재빨리 나서서 한쪽에 들고 있던 상자 하나를 황제의 면전에 내려놓고 물러났다.

"각 군의 참모(參謀)들과 연락관(連絡官)들의 자술서(自述書)입니다. 그 안에 몽고족과 내통한 전말이 기록되어 있습니다."

위국공이 나서서 상자를 열고 그 안에 들어 있는 서찰들의 내용을 살펴보았다. 그리고 이내 확실한 내용이라는 듯 황제를 돌아보며 고개를 끄덕였다.

황제가 마주 고개를 끄덕이는 것으로 인정하며 설인보를 향해 다시 물었다.

"그럼 이제 남은 할 일은 무엇이오?"

설인보가 대답했다.

"우선 공석인 전군도독과 후군도독, 좌군도독의 자리를 채워 주시기를 간청합니다, 폐하."

황제가 어색해진 표정으로 말했다.

"군 편성은 이미 짐이 전적으로 설 장군께 일임하지 않았소. 비록 기존의 자리가 비어 버린 것이긴 하나, 그 역시 설 장군이 책임지고 처리하면 될 일이오."

설인보는 강하게 부정했다.

"그건 안 될 말씀입니다, 폐하."

황제가 어리둥절해했다.

"어째서 안 된다는 것이오?"

설인보가 단호하게 대답했다.

"폐하께서 여기 북경으로 천도하시며 소장에게 말씀하시길, 적어도 당분간은 폐하의 힘이 분산되는 것을 막겠다고 하셨습니다. 그 이유는 '중앙집권의 계승자 자리에 명분도 세력도 약한 위인이 앉게 되면 어쩔 수 없이 전 황제의 전철을 밟을 수밖에 없다, 해서 황위 승계에 결정적인 역할을 하는 강력한 군벌 세력을 실질적으로 통치해야 한다.'라고 말씀하셨습니다."

황제가 어이없다는 표정으로 설인보를 바라보았다.

"그러니까, 지금 설 장군에게 너무 많은 권력이 집중되는 것은 좋지 않다. 그러니 마땅히 저어해야 한다, 이 말이오?"

설인보가 바로 고개를 숙이며 인정했다.

"그렇습니다, 폐하. 그건 폐하께도, 그리고 소장에게도 너무나도 크나큰 부담입니다, 폐하."

황제가 실로 황당하다는 표정으로 설인보를 바라보며 끌끌 혀를 찼다.

"이보시오, 설 장군. 과공비례(過恭非禮)라고 했소이다. 고지식한 것도 유분수지, 그건 실로 장군에 대한 짐의 믿음과 배려를 무시하는 처사 같아서 심히 불쾌해지려고 하는구려."

설인보는 그럼에도 불구하고 굳건하게 고집을 꺾지 않았다.

"아닙니다, 폐하. 이는 소장이 고지식해서가 아니라 영악해서입니다. 지금보다 더 늘어나는 힘은 소장이 절대 감당할 수 없음입니다."

황제는 말을 하려다가 참고 다시 입을 열려다가 그만두고는 이내 짧은 한숨을 내쉬며 고개를 끄덕였다.

"알겠소. 정 그렇다면 어쩔 수 없지요."

그는 이내 고개를 돌려서 위국공을 바라보며 말했다.

"위국공이 맡아 주세요."

위국공이 고개를 숙였다.

"알겠습니다, 폐하. 모쪼록 설 장군과 상의해서 실수가 없도록 하겠습니다."

황제가 기꺼운 표정으로 고개를 끄덕이며 시선을 돌려서 설인보를 바라보았다.

"이제 됐지요?"

설인보가 깊이 고개를 숙였다.

"성은이 망극합니다, 폐하."

황제가 자못 눈을 치켜뜨며 말했다.

"그놈의 성은은 이제 그만 망극하고 어서 다음 계획이나 들어 봅시다. 짐의 생각으로는 고작 측선진과 산해관만을 지원한다는 것이 못내 께름칙하구려. 정말 그것으로 충분한 것이오?"

설인보가 대답했다.

"소장은 대군을 일으킨 저들이 그저 대치할 뿐 굳이 진군하지 않는 이유는 오직 하나뿐이라고 생각합니다."

"그것이 무엇이오?"

"눈치를 보고 있는 것이지요."

황제가 그 말이 나올 줄 알았다는 듯 미소를 지으며 말했다.

"마교의 세력을 두고 하는 말이겠지요?"

"그렇습니다."

설인보가 바로 인정하며 부연했다.

"예전에도 그랬지요. 저들은 늘 마교의 눈치를 보며 행동하느라 적극적이지 않았습니다. 각기 추구하는 이념과 사상이 달라서 같은 웅덩이에서 솟아난 두 개의 샘물처럼 차고 넘칠 때는 같은 방향이지만 이내 서로 다른 길로 흐르기 마련이고, 저들도 그걸 익히 잘 알고 있기 때문에 그럴 수밖에 없는 것이지요."

황제가 과연 그렇다는 듯이 고개를 끄덕이며 물었다.

"하면, 이제 우리는 어떻게 해야 하는 것이오?"

설인보가 말했다.

"마교는 힘이 있어도 나라를 추구하는 족속들이 아닙니다. 그저 칼을 휘두르며 피를 보는 것을 즐기는 망나니에 불과합니다. 하여, 소장의 소견으로는 마교의 준동은 무시하시고 나라를 탐하는 몽고족에게만 힘을 쓰시는 것이 옳다고 사료됩니다."

황제가 물었다.

"그러니까, 어떻게 말이오?"

설인보가 대답했다.

"우선 각 지방의 도지휘사사에 명령을 내리시어 각각의 도지휘사로 하여금 군정을 보다 확실히 장악하고, 각기 위소들을 철저히 통제해서 성을 지키며 대기하라 이르십시오."

"그다음에는?"

"대장군을 임명하시고, 금군의 십만병력(十萬兵力)을 내주십시오."

"어디를 방어할 병력인가?"

"방어군이 아닙니다!"

설인보가 힘주어 잘라 말했다.

"정벌군(征伐軍)입니다!"

황제가 한 방 맞은 표정으로 굳어졌다가 이내 풀어져서 실소하며 말했다.

"이건 또 정말 짐이 예상하지 못한 말이구려. 확실히 정벌군을 편성하라는 것이라면 잠시 기다려 줘야겠소. 그렇게 마교를 무시할 작정이라면 아무래도 비공의 조언이 필요할 것 같소."

그때였다.

인기척이 들리고 대청의 문이 열리며 푸른색 환관의 복장인 중년의 사내, 창공 조위문이 들어왔다.

"호랑이도 제 말하면 온다더니……?"

황제가 웃는 낯으로 말하다가 슬며시 굳어졌다.

안으로 들어선 사람이 조위문 한 사람뿐이었기 때문이다.

"왜 혼자요?"

황제가 어리둥절해하며 묻자, 조위문이 난감한 표정으로 고개를 숙이며 대답했다.

"비공께서는 그냥 떠나셨습니다. 떠나시며 폐하께 이런 말을 전해 드리라는데……."

조위문이 선뜻 대답하지 못하고 말꼬리를 흐리며 곤혹스러운 표정으로 안절부절못했다.

황제가 이맛살을 찌푸리며 재촉했다.

"괜찮으니, 어서 말해 보게."

조위문이 그래도 망설이고 또 망설이다가 실로 난처하고 막막한 표정으로 힘겹게 말했다.

"관과 무림은 서로가 서로에게 불가해의 영역이니, 몽고족은 형님이, 마교는 아우의 몫이라는 약속을 잊지 마시라고, 아우는 약속을 지키겠다고……!"

황제의 주관 아래 대소신료와 군부의 요인들이 참가한 회의가 벌어진 장소는 임시로 정해진 황제의 집무실인 건청궁이었다. 그리고 그 건청궁에서 벌어진 회의는 설무백이 돌아갔다는 얘기가 황제에게 전해진 이후, 빠르게 정리되며 끝을 맺었다.

다만 그래 봤자, 날이 저무는 저녁이었다.

급보로 인해 다들 동이 트는 새벽부터 집결했으나, 하나에서 열까지 모든 결정이 다 종묘사직(宗廟社稷)이 걸린 중대사안인지라 회의가 길어질 수밖에 없었다.

그 바람에 회의를 끝내고 건청궁에서 물러난 거기장군 설인보가 미처 정리하지 못한 오군도독부의 상황을 정리하기 위해서 오군도독부로 돌아갔을 때는 이미 캄캄한 밤, 술시(戌時 : 7~9시)로 접어들고 있었다.

"서둘러 정리를 끝내고, 참장들은 전부 다 한 시진 이내에 출정 준비를 끝내고 집결하도록!"

설인보는 오독도독부의 대문 안으로 들어서기 무섭게 단호한 명령을 내리며 표기장군 위광과 함께 집무실인 대용전(大勇殿)의 대청으로 들어섰다.

대용전의 대청은 모든 창마다 드리워진 두꺼운 휘장으로 외부와 단절되어 있었으나, 중앙을 차지한 거대한 팔선탁 주변으로 웬만한 기둥처럼 굵은 홍촉(紅燭)이 대여섯 개나 밝혀져 있어서 설인보가 마주한 작금의 상황처럼 한편 어둡고, 한편 밝은 묘한 분위기였다.

다만 그런 분위기와는 별개로 혹시나 했던 설인보의 예상은 틀리지 않았다.

그가 대청으로 들어서자, 마치 대청의 주인처럼 팔선탁에 앉아 있던 설무백이 일어나서 그를 맞이했다.

"오셨습니까. 생각보다 일찍 오셨네요?"

설인보가 자못 의연하게 감정을 누르는 데 반해 위광은 더 없이 반색했다.

"오, 조카님 오셨는가! 안부도 없이 그냥 돌아갔다는 얘기를 듣고 무척이나 섭섭했는데, 예서 기다리고 있었군그래!"

"북경까지 왔는데, 얼굴은 뵙고 가야지요."

"그럼, 그래야지. 하하하……!"

설무백을 반기는 위광의 태도와, 은연중에 눈치를 보는 설무백의 모습을 보면서도, 설인보는 태연하게 혹은 태연을 가장하는 모습으로 팔선탁에 앉으며 말했다.

"일단 앉자. 안 그래도 네게 해 줄 말이 있었다."

설무백은 무뚝뚝한 설인보의 말에도 그저 웃으며 바로 의자를 빼서 앉았다.

가끔 연락 없이 불쑥 들르고, 또한 용무만 끝나면 왔을 때처럼 그렇게 훌쩍 떠나고는 한동안 감감무소식인 아들을 이렇듯 늘 무미건조하게 대하는 아버지 설인보의 태도가 그에 대한 배려임을 알기에 그는 아무런 거부감 없이 웃을 수 있었다.

설인보는 그런 그가 자리에 앉고, 못내 머쓱해진 위광마저 그 옆에 자리를 잡자, 진중해진 어조로 다시 말했다.

"폐하는 다색(多色)한 분이시고, 특히나 패도(覇道)를 숭상하시는 분이시다. 그러하신 폐하를 무시하는 건 좋은 일이 아니다. 자칫 도전으로 받아들이실 수 있다."

설무백은 대답에 앞서 입가에 미소를 드리웠다.

그는 무공만이 아니라 무언가를 인지하는 능력도 타의 추종을 불허하는 사람이었다.

특히나 사람들의 심경을 추측하고 이해하는 것은 실로 인간의 범주를 초월해서 굳이 대화를 나눠 보지 않아도, 그저 그 사람의 태도나 눈빛만 봐도 충분히 인지할 수 있었다.

그런 그가 다른 그 누구보다도 깊은 유대를 맺은 아버지 설인보의 심사를 간파하지 못할 리 만무한 것이다.

그는 아버지 설인보의 걱정과 근심을 바로 인지하며 말했다.

"괜찮습니다. 무시하는 것이 아니라 거리를 두는 것이고, 폐하께서도 그 정도는 능히 아실 분이니까요."

설인보가 잠시 뜸을 들이다가 물었다.

"왜 거리를 두는 거냐?"

설무백은 있는 그대로 솔직하게 대답했다.

"폐하는 시대가 낳은 인물입니다. 그래서 저는 폐하를 인정하고 존중합니다. 하지만 존경은 하지 않습니다. 그게 폐하와 거리를 두는 이유입니다."

설인보가 안색이 변해서 꾸중하듯 말했다.

"이 아비의 걱정보다도 더 무서운 말을 하는구나. 누군가를 인정하고 존중하는 것은 자신과 동격으로 생각하는 거다."

"압니다."

설무백은 말을 자르며 새삼 자신의 소신을 강변했다.

"반면에 존경은 내가 할 수 없는 것을, 그것도 올곧은 방향으로 하는 상대를 공경하는 마음이지요. 저는 폐하께서 저보다 큰 그릇이라는 점은 인정하고 존중하지만, 그게 답니다. 존경하는 마음이 들지는 않습니다."

설인보가 지그시 설무백을 바라보다가 이내 깊은 한숨을 내쉬었다.

"그 얘기는 못 들은 것으로 하겠다."

그는 이내 슬쩍 고개를 돌려서 위광을 바라보며 말했다.

"자네도 그렇게 해 주게."

위광이 누런 이를 드러내며 대답했다.

"그러지. 기억은 하고 있겠네. 내 생각에는 자네가 대장군의 지위를 거절한 것도 같은 맥락이라는 생각이 들어서 말일세."

설인보가 미간을 찌푸렸다.

"내가 언제 대장군의 지위를 거절했다고⋯⋯?"

위광이 새삼 웃는 낯으로 말을 잘랐다.

"날 바보로 아나? 내가 이래 봬도 눈치 하나는 자네 못지않아. 폐하께서 왜 자네에게 오군도독부의 수장들에 대한 임명권을 주시려 했겠나? 대장군의 지위를 염두에 두신 게야. 자네는 그걸 알고 거절한 것이고. 아닌가?"

"⋯⋯."

설인보는 함구했다. 무언의 인정이었다.

위광이 그런 설인보를 향해 은근한 어조로 다시 말했다.

"폐하께서 거듭 당부하지 않은 이유도 알고 있지. 그랬다간 자네가 지금의 자리마저 내놓고 물러날지도 모른다고 염려하신 게야. 애초에 남경 응천부로 진군할 때, 자네가 내세운 것이 그거였지 않나. 폐하께서 황위에 오르시는 길까지만 동행하겠다. 폐하께서는 그 생각이 나신 게야. 그러니 그리 고민하면서도 바로 물러나신 거지."

설인보는 손을 내저었다.

"그 얘기는 그만하세."

"뭐 그러지."

위광이 웃는 낯으로 어깨를 으쓱이며 물러났다.

그러나 설무백은 그에 대한 이야기를 조금 더 하고 싶어서 굳이 농담으로나마 말꼬리를 잡았다.

"아쉽네요. 대장군의 아들이 될 수 있었는데."

설인보가 자못 무심하게 말했다.

"위국공이 계시질 않느냐. 심기가 깊은 어른이시니 제대로 잘 수행하실 거다."

위광이 쓰게 입맛을 다시며 끼어들었다.

"그렇긴 한데, 너무 연로하셔서 걱정이네. 사람은 누구나 다 같아. 나이가 들면 보다 더 이성적으로 변하긴 하지만, 정신적으로 심약해지는 것 또한 어김없는 사실이라서 말이야."

설인보가 끌끌 혀를 차며 말했다.

"곁에 자네가 있고 내가 있는데 무슨 그런 걱정을 다하나."

위광이 새삼 누런 이를 드러내며 자못 음흉맞게 웃었다.

"흐흐, 자네 입에서 그 말이 나오길 기다렸네. 아무래도 나 혼자서는 부족하거든. 흐흐흐……!"

설인보가 눈총을 주었다.

"자네도 나이가 드니 여우가 다됐군."

위광이 억울하다는 듯 울상을 지으며 설무백을 향해 하소연했다.

"조카, 어디서 이렇게 듬직한 여우 봤나?"

설무백은 장단을 맞춰 주었다.

"천만에요! 있을 리가 없지요!"

"그렇지?"

"물론입니다!"

"음하하하……!"

위공이 기분 좋은 표정으로 호탕하게 웃었다.

설인보가 그 웃음이 끝나기를 기다렸다가 새삼 진중한 목소리로 화제를 돌렸다.

"내가 할 말은 다 했다. 이제 네 말이나 좀 들어 보자. 이유 없이 아비 얼굴이나 보자고 찾아와서 여태 기다리고 있을 녀석이 아니지 않느냐."

설무백은 사실이 그런지라 못내 계면쩍은 얼굴이 되어서 사과부터 했다.

"죄송합니다."

설인보가 손을 내저었다.

"구차하게 죄송은, 그래 무슨 일이냐?"

설무백은 탁자에 올려놓고 있던 보따리 하나를 설인보의 면전으로 밀어서 건네며 말했다.

"황궁서고에서 찾아낸 건데, 나름 쓸 만한 무공서들입니다. 왕 아재와 구 아재에게 주시고, 그쪽으로 재능 있는 무관들에게 전수하라 하시면 제법 도움이 될 겁니다."

설인보가 다른 말은 구차하다는 듯 별다른 내색 없이 고개를 끄덕이며 다음 말을 채근했다.

"그리고 또?"

설무백은 대답 대신 고개를 돌려서 대청의 문을 향해 말했다.

"들어와라."

대청의 문이 열리며 철면신이 뚜벅뚜벅 걸어 들어와서 그의 곁에 우두커니 섰다.

설인보가 의아한 눈빛으로 철면신을 바라보았다.

설무백이 소개했다.

"철면신이라고 합니다."

설인보의 시선이 그에게 돌려졌다.

설무백은 바로 말했다.

"곁에 두세요. 단순해서 머리를 쓰는 일에는 젬병이지만 몸을 쓰는 일에는 그 누구에게도 뒤지지 않습니다. 또한 죽으라면 죽고, 살라면 살 친구이니, 도움이 되면 됐지 절대 아버님의 일에 방해가 되거나 불편하게 만드는 짓은 하지 않을 겁니다."

설인보가 쓰게 입맛을 다시며 물었다.

"더 있냐?"

있었다.

"이미 들으셨을 테지만, 마교는 저의 몫입니다. 해서, 몽고군의 진영에 더해진 마졸들도 저나 저의 수하들이 처리할 생각이니, 그에 따른 혼선이 없도록 대장군은 물론, 군사들에게도 사전에 주지시켜 주시길 바랍니다."

설인보가 어리둥절해했다.

"그 넓고 광범위한 지역을 너 혼자 감당할 수 있단 말이냐?"

설무백은 어색한 미소를 흘리며 대답했다.

"일거에 감당할 수 없기에 말씀드리는 겁니다. 지금으로서는 산발적인 유격전이 최선입니다. 다만 정벌군이 출정하면 적들의 시선이 그쪽으로 쏠릴 테니, 제가 운신하기에 매우 편해져서 제법 적에게 타격을 줄 수 있을 것 같습니다."

"......!"

설인보가 적이 놀란 표정으로 물었다.

"정벌군이 나서는 건 또 어찌 아는 게냐?"

설무백은 귀밑머리를 긁적였다.

실언을 했다는 기분이 들어서 잠시 딴청을 부린 것인데, 이내 멋쩍게 웃은 그는 불쑥 혈노를 호명했다.

"혈노."

순간, 그와 설인보의 측면에 붉은 안개가 서리며 이내 짙어져서 사람의 형상으로 변했다.

혈뇌사야였다.

설무백은 사정을 인지한 듯 자못 거북하게 일그러지는 설인보의 얼굴을 보며 서둘러 변명했다.

"제가 지시한 건 아닙니다. 그저 혈노가 보기에 어제 아버님의 상황이 매우 위태롭게 보였던 모양입니다. 그 이후부터 내내 아버님의 주변을 경계하다가 본의 아니게 황궁까지 따라갔던 거죠. 부디 너그럽게 이해해 주십시오."

그랬다.

혈뇌사야는 그동안 암중에서 설인보의 곁을 따르며 지키다가 본의 아니게 황궁 회의까지 참석했던 것이다.

설인보가 이해할 수 없지만 이해하지 않을 수도 없다는 표정으로 쓰게 입맛을 다셨다.

설무백은 그런 설인보를 향해 자못 단호한 어조로 말을 더했다.

"저도 혈노와 같은 생각입니다. 이제 아셨다시피 혈노는 아버님의 주변은 물론, 황궁의 경계조차 무시할 수 있습니다. 한데, 적에게도 혈노와 같은 능력을 소유한 인물이 있습니다. 제가 철면신을 아버님의 곁에 두려는 이유도 그 때문인 겁니다."

"음!"

설인보가 묵직한 침음을 흘렸다.

분노가 사그라진 자리에 걱정이 자리 잡은 표정이었다.

설무백은 그 모습을 보며 멋쩍은 미소를 드러내며 말을 덧붙였다.

"그렇다고 너무 그리 걱정하지는 마세요. 창공이 자리를 비워서 그렇지, 그게 아니었으면 혈노도 그리 마음 놓고 그 자리에 있는 못했을 테니까요. 창공이 돌아오는 기척에 바로 몸을 뺐다고 하더군요. 창공에게 그 점만 주지시켜 주시면 됩니다."

설인보의 안색이 조금 풀어졌다.

애써 내색을 삼가려고 했을 뿐, 그가 가장 걱정한 것이 바로 그것, 황제의 안위였던 것이다.

설무백은 그 태도에 내심 고소를 금치 못하다가 이내 자리를 털고 일어났다.

"저도 용무 끝입니다. 이만 가 보겠습니다."

설인보가 따라 일어나며 못내 근심스러운 표정으로 물었다.

"어디로 가느냐?"

설무백은 새삼스럽게 정중히 공수하며 대답했다.

"산해관으로 갑니다."

그리고 유령처럼 그 자리에서 홀연히 사라졌다.

그 뒤로 그의 목소리가 다시 들려왔다.

"산해관은 따로 지원하지 마세요. 이제 곧 마교의 무리는 물론, 몽고족의 군대도 산해관에서 발을 빼게 될 테니까요."

황제가 바뀌는 동안 산해관은 가장 치열한 영욕(榮辱)의 시간을 보낸 관문이었다.

무려 두 번이나 주인이 바뀌었기 때문이다.

전 황제 시절에 산해관의 주장이던 위기장군 원도명은 북평 왕부와 가깝게 지낸다는 의심을 받고 실각해서 산서성의 북부의 한직(閑職)으로 좌천(左遷)되었고, 새롭게 부임한 주장 모백곡은 남경수비대의 참장 출신으로, 전 황제에게 인정을 받을 정도로 용맹한 장수였으나, 마교의 무리를 막다가 사망했다.

그 때문에 산해관의 주장은 한동안 공석이었는데, 그사이에 황제가 바뀌었고, 또한 그 바람에 우습지 않게도 산해관의 주장으로 부임한 사람은 전에 실각해서 산서성의 북부의 한직으로 내몰렸던 위기장군 원도명이었다.

원도명이 북평왕부와 가깝게 지낸다는 전 황제의 의심은 단지 의심이 아니라 엄연히 사실이었던 것이다.

그래서였다.

산해관에 도착한 설무백의 행보가 사뭇 편해졌다.

산해관의 주장으로 복직한 원도명은 설무백이 비공이라는 사실까지는 몰라도, 황제의 신임과 총애를 받는 인물이라는 것까지는 아는 까닭이었다.

원도명은 산해관에 도착한 설무백을 더 없이 극진하게 맞이했다.

상부의 명령에 따라 지원 나온 인근 장각진의 주장인 추기장군 반홍도 함께한 자리였으나, 그는 추호도 반홍의 눈치를 보지 않았다.

"원하는 것이 있으면 무엇이든지 다 말씀하시오! 필요하다면 소장이 직접 가서라도 만들어 오겠소이다!"

설무백의 요구는 오직 하나였다.

"다른 건 다 필요 없고, 지금까지 파악한 적의 동향만 알려 주시오."

원도명은 사뭇 비대한 몸집을 가진 배불뚝이에 능글맞은 태도로 무장한 중늙은이였다.

따라서 첫눈에 보면 무장이라는 느낌보다는 백성의 고혈을 빠는 탐관오리(貪官汚吏)가 아닐까 하는 의심이 더 강하게 드는 인물이었으나, 생긴 것과 달리 아니, 어쩌면 생긴 것처럼 눈치도 빠르고 제법 총명한 군관들을 예하에 거느리고 있었다.

특히 그의 예하에서 군사 노릇을 하고 있는 이양도(李陽滔)이라는 이름의 노군관(老軍官)이 발군이었다.

원도명의 지시가 떨어지기 무섭게 밖으로 나갔다가 불과 일다경(一茶頃 : 차 한 잔 마실 시간. 대략 15분) 만에 돌아온 그는 산해관 밖의 지형이 사실적으로 모사(模寫)된 지도를 가지고 와서 설무백에게 내밀었다.

지도에는 몽고군의 진영은 물론, 마교의 세력이 주둔한 장소와 인근의 특색까지 세세하고도 낱낱이 적혀 있었다.

이양도가 그 지도를 펼쳐 놓고 설명했다.

"마교의 세력은 마도오문의 하나인 광천가로 밝혀졌습니다. 무슨 사연인지는 몰라도, 이전에 한동안 물러갔다가 대략 이십팔 일 전에 다시 돌아왔고, 전에 주둔하던 제야림이 아니라 제야림을 사이에 두고 야복산을 마주 보는 육정산의 기슭에 진영을 차렸습니다. 인원은 대략 이천에서 삼천 명 사이로 보입니다. 정확한 숫자를 말씀드리지 못해 죄송합니다. 정탐으로는 대략의 숫자밖에 알 수 없었습니다."

이양도가 모르는 그 사연이라는 것이 설무백의 소행임은 다들 모르고 있는 눈치였다.

설무백은 그게 이채로웠으나, 내색은 하지 않았다.

이양도의 설명이 계속 이어졌다.

"그리고 어제 아침에 도착한 몽고군은 마교의 무리가 포기한 혹은 내준 제야림에 주둔했습니다. 인원은 대략 사만에 육박하는 대군이며, 수장은 푸른 이리 징기스칸의 혈통인 아르게이가 거느린 십이용사(十二勇士) 중 다섯째인 버르바타르입니다. 중원의 말로 갈색 용사라는 뜻인데, 역시나 정탐의 한계가 있어서 직접 확인해 볼 수는 없었습니다. 이상입니다."

이용도가 보고를 끝내며 탁자에 펼쳐 놓았던 지도를 고이접어서 설무백에게 내밀었다.

"그간 대소 열다섯 차례의 정찰을 통해서 얻은 정보입니다. 욕심을 내서 지근거리로 접근하다가 얼추 백호소(百戶所)에 해당하는 병력은 잃었지만, 그게 우리 진영의 임무인 것을 어쩌겠습니까. 부디 부담 갖지 마시고, 요긴하게만 써 주십시오."

설무백은 내심 고소를 금치 못했다.

노군관 이양도는 태도도, 말하는 투도 더 없이 공손했으나, 하나같이 반대로 들렸다.

즉, 말과 달리 의도적으로 그에게 엄청난 부담을 주려는 태도가 눈에 보인 것이다.

'그 상관에 그 수하!'

설무백은 대놓고 자신의 혹은 자신들의 도움이 지대하다는 것을 드러내는 이양도의 태도가 못내 거북했으나, 기분이 나쁘거나 하지는 않았다.

명예보다 실리를 추구하는 사람은 그의 주변에도 얼마든지 있었다.

가깝게 북경상련의 총수인 방양만 해도 실질적인 행동이야 어쨌든지 간에 늘 입으로는 실리를 내세우는 사람이지 않는가.

자신과 다르다고 나쁘게 볼 이유는 없었다.

이것이 그들의 방식이라면 그냥 인정하고 넘어가면 그뿐이었다.

그러나 적어도 하나는 확인하고 넘어가야 했다.

"고맙소. 요긴하게 잘 쓰도록 하겠소."

설무백은 오늘의 도움을 기억하고 언젠가 은혜를 갚겠다는 말을 하려다가 그냥 삼키며 말문을 돌렸다.

은혜는 말로 갚는 것이 아니라 몸으로 갚는 것이라는 옛 성현의 말씀이 떠올랐기 때문이다.

"근데, 한 가지 궁금한 것이 있소."

노군관 이양도가 이건 자신이 대응할 일이 아니라고 판단한 듯 슬쩍 원도명을 바라보며 물러났다.

원도명이 눈치 빠르게 나섰다.

"무슨 일인지 말씀해 보십시오."

설무백은 은연중에 원도명 주변의 군관들을 둘러보며 말했다.

"예전에, 그러니까 이전 산해관의 주장인 모백곡 장군이 전사한 이후에 한동안 주장이 공석이던 이곳 산해관을 소수의 패잔병만을 데리고 지키던 이천동이라는 백호장이 있었소. 당시 본인이 산해관을 지나다가 도움을 좀 받았는데, 지금 이 자리에 없으니 못내 궁금하구려. 혹시 그 사람이 지금 어디에 있는지 아시오?"

원도명이 사정을 잘 몰라서 난감해하는 건지 아니면 어리둥절해하는 건지 묘한 표정으로 이양도를 바라보며 물었다.

"혹시 아는 자인가?"

이양도가 묘하게도 원도명과 같은 느낌이 드는 기색으로 어물거리다가 대답했다.

"아, 예, 알다마다요. 다만 그자는 전날 밀매꾼들의 뒤를 봐주며 사욕을 채운 죄가 드러나서 유황도(硫黃島)로 유배를 간 것으로 압니다만……?"

"아……!"

원도명이 이제야 기억난다는 표정으로 말했다.

"이제야 어렴풋이 기억나네. 그래, 그때 그 일에 그자도 포함되었었어."

그는 이내 안타깝다는 표정, 더 없이 난처하다는 기색으로 설무백을 바라보며 부연했다.

"당시 그 일에 동조한 자들이 워낙 다수라 소장이 그 이름을 깜박하고 있었네요. 이제야 기억납니다. 그 일의 주동자가 백호 이천동이었습니다. 참으로 공교롭기도 하지. 옛 도움을 생각해서 인사라도 하실 요량이셨나 보군요. 이걸 어쩌지요?"

설무백은 잠시 입을 다물고 침묵했다.

갑자기 생각이 많아졌다.

'맡은 바 책임을 다하기 위해서 죽음을 각오하고 상관의 옷까지 입었던 사람이 밀수꾼을 도왔다고?'

사람의 천성은 쉽게 변하지 않는다.

나쁜 사람이 좋은 사람으로 변하기 어려운 것처럼 좋은 사람이 나쁜 사람이 되기도 쉬운 일이 아닌 것이다.

'하물며 이름조차 잊었던 사람이 갑자기 그가 주동자였다는 것이 기억나?'

그뿐이 아니었다.

유황도는 단순한 유배지가 아니라 그가 어린 시절을 보냈던 무저갱과 쌍벽을 이루는 군부의 뇌옥이었다.

소위 대역죄를 짓거나 그에 해당하는 죄를 지어야 가는 뇌옥이라 제아무리 무신경한 사람이라도 잊기가 어려울 터였다.

설무백은 못내 새삼스러운 심정으로 원도명을 바라보았다.

이제야 심술궂게 보이도록 늘어진 볼과 그 사이에 맺혀 있는 가벼운 웃음이 눈에 거슬렸다.

뒤룩거리는 몸매에 불룩한 뱃살도 거북하게 다가왔다.

'관상은 못 속인다 혹은 관상은 진리다'라는 말이 있다.

어찌 그럴 수 있나 싶어서 무시하고 살았는데, 아무래도 심각하게 다시 한번 생각해 봐야 할 것 같았다.

"사정이 그렇다면 어쩔 수 없지요. 자기가 잘못해서 죄를 지은 것을 본인이 어쩌겠소. 죄를 지었으면 죄과를 받아야지요."

설무백은 대수롭지 않다는 투로 웃으며 말했다. 그리고 이내 가벼운 손뼉으로 분위기를 쇄신하며 다시 말했다.

"그건 그렇고, 서둘러 오느라 끼니도 때우지 못했는데, 뭐 간단하게 먹을 만한 것 좀 있겠소?"

장승처럼 내내 침묵한 채 서 있던 공야무륵과 철각사가 다른 누구보다 먼저 설무백을 쳐다보며 눈을 끔뻑였다.

난데없는 그의 먹거리 타령에 어리둥절한 것이다.

설무백이 애써 그런 그들의 시선을 무시하는 사이, 이양도가 자리에서 일어나며 말했다.

"여부가 있겠습니까. 제가 가서 바로 준비해 오겠습니다."

"그럼 부탁 좀 하겠소."

설무백은 기꺼이 웃는 낯으로 말하고 밖으로 나가는 이양도를 바라보며 전음을 펼쳤다.

요미, 따라가 봐라. 혹시 모르니 흑영과 백영은 영내에 있는 감옥과 외딴 건물들을 뒤져 보고. 이천동이 없으면 이천동을 아는 사람이라도 찾아서 데려와.

옙.

흑영과 백영은 두말없이 자리를 떠났으나, 요미는 바로 가지 않고 말했다.

그냥 이놈들을 족치는 게 편하고 또 빠르지 않나?

아닐 수도 있으니까.

치! 남자가 세심하기는!

요미가 투덜거리며 사라졌다.

때를 같이해서 내내 침묵하고 있던 암중의 혈뇌사야가 넌지시 물었다.

이 늙은이도 나서면 안 될까요? 늙어서 그런지 몸을 움직이지 않으면 어깨 좀이 쑤셔서요.

뭐 그렇다면 그러던지.

감사합니다.

혈뇌사야가 깍듯이 인사까지 하며 사라졌다.

설무백은 못내 고소를 금치 못했다.

그게 이상해 보인 건지, 아니면 도둑이 제 발 저린 건지, 원도명이 관심을 보이며 물었다.

"무슨 마음에 걸리는 것이라도……?"

"아니 그냥 습관이오."

설무백은 무심한 대꾸로 원도명을 외면하며 장각진의 주장인 반홍에게 시선을 주며 물었다.

"그보다 반 장군께서는 좀처럼 장각진을 떠나지 않는 분이라고 들었는데, 이번에는 전에 없이 발 빠르게 지원을 나오셨네요. 상부의 명령이 빠르게 하달된 모양이죠?"

반홍의 뒤에 시립해 있던 두 명의 참모장 중 하나가 험악해진 얼굴로 대신 나섰다.

"무례한 말을 잘도 아무렇지도 않게 지껄이는군."

설무백이 험악해진 얼굴의 참모장을 바라보는 참인데, 반홍이 슬쩍 손을 들어서 앞으로 나서려는 그 참모장을 막았다.

"사실을 말하는데 왜 지랄이야?"

참모장이 사뭇 마뜩찮은 표정을 지으면서도 두말없이 물러섰다.

반홍이 그제야 아무렇지도 않게 웃는 낯으로 설무백에게 시선을 주며 말했다.

"제대로 봤소. 예상외로 이번에는 상부의 명령이 빨리 도착했습디다. 게다가 다른 사람도 아니고, 문절 설 장군님의 명령이라 나서지 않을 수가 없었소. 그분이라면 이 사람이 장각진을 비웠을 때 일어날 수 있는 사안도 다 염두에 두고 계산해서 대비했을 테니까 말이오."

설무백은 살짝 이맛살을 찌푸렸다.

듣고 보니 이자도 원도명과 같은 부류가 아닌가 싶었다.

말투만 조금 투박할 뿐이지 원도명과 다를 바 없이 아부를 하고 있지 않은가 말이다.

그런데 아니었다.

곧바로 삐딱하게 그를 바라보며 반홍의 입에서 이어져 나온 말이 사뭇 원도명과 달랐다.

"이상하게 들릴지는 모르겠으나, 내가 그만큼 설 장군을 잘 알고 있다는 뜻이오. 해서, 내친김에 한마디 하겠는데⋯⋯."

반홍이 자못 고압적인 눈초리를 변해서 말을 이었다.

"공자는 설 장군님의 아들일 뿐, 황궁의 관리도 아니고 군부와도 아무런 연관이 없는 사람이오. 그런 사람이 이렇듯 전방의 군영을 찾아와서 위세를 떠는 건 아니라고 보오. 내가 아는 설 장군님이라면 나중에 언제라도 알게 되시면 크게 상심하실 것 같아 하는 말이니 새겨들으시오."

'어라?'

설무백이 내심 이 사람은 아닌가 하는 참인데, 밖에서 인기척이 들리는가 싶더니 이내 '꽝' 하고 문이 떨어져 나갔다.

누가 문을 발로 찬 것인가 했지만, 그게 아니었다.

얼굴이 피투성이로 변한 노군관 이양도가 누가 던진 공처럼 날아와서 문을 박살 내며 안으로 나자빠진 것이었다.

설무백을 제외한 모두가 화들짝 놀라는 그때, 마찬가지로 피투성이인 대여섯 명의 사내들을 앞세운 요미가 안으로 들어서며 말했다.

"죽이려던 것인지 어쩌려던 것인지는 몰라도, 후방에 있는 뇌옥으로 후다닥 달려가서 이 사람들을 빼돌리려고 하던데?"

설무백은 대번에 싸늘해졌다.

요미가 데려온 피투성이 사내들 중 하나가 바로 그가 찾던 백호 이천동이었기 때문이다.

시야를 좀먹으며 이성을 왜곡시키던 안개가 활짝 개인 그는 절로 실소하며 한숨을 내쉬었다.

"역시 관상은 진리인 건가?"

설무백과 함께 대청에 자리했던 사람들의 표정은 저마다 달랐다.

누구는 당황하고, 누구는 놀랐으며, 누구는 어리둥절해하며 어쩔 줄 모르는 표정이었다.

그러나 반사적으로 드러낸 반응은 하나였다.

표정의 변화와 상관없이 다들 본능처럼 병기를 뽑아 들었다.

살기가 비등했다.

설무백은 그 속에서 혼자 태연하게 서서 경고했다.

"다들 정지! 지금부터 손끝 하나만 까딱해도 죽는다!"

다른 사람들의 반응에 맞추어서 도끼를 뽑아 든 공야무륵이 살기등등한 눈빛을 희번덕거리며 설무백의 곁으로 나섰다.

문답무용(問答無用), 설무백의 경고를 추호도 어김없이 이행하겠다는 태도였다.

그리고 실제로 이행했다.

문가에 시립해 있다가 문이 박살 나는 와중에 옆으로 밀려났던 젊은 군관 하나가 움직였다.

젊은 군관이 무엇을 위해 움직였는지는 모른다.

알 수 있는 기회도 없었다.

그 순간에 아무런 사전 동작도 없이 움직인 공야무륵의 도끼가 그의 머리를 쪼개 버렸기 때문이다.

빡—!

섬뜩한 파열음 아래 젊은 군관의 머리가 수박처럼 박살 났다. 젊은 군관은 분명 투구를 쓰고 있었지만 아무런 소용이 없었다.

투구조차 속절없이 깨져서 날아가며 붉은 피와 허연 뇌수가 사방으로 튀었고, 머리를 잃은 육체가 눌린 듯 힘없이 주저앉았다.

장내가 찬물을 끼얹은 것처럼 고요해졌다.

이제야말로 장내는 그림처럼 변해 있었다.

당황스러워서 어쩔 줄 모르던 반홍이 힘겹게 용기를 낸 표정으로 나서서 말을 더듬었다.

"서, 설 공자, 이, 이게 대체 무슨 짓이오!"

설무백은 대답에 앞서 힐끗 반홍을 일별하며 원도명에게 시선을 고정했다.

"글쎄? 대체 무슨 일인지 이제부터 알아봐야지. 말해 봐. 유황도로 보냈다는 사람이 왜 여기 뇌옥에 있는 거지?"

원도명이 어쩔 줄 모르며 궁색하게 변명했다.

"나, 나는 모르는 일이오! 분명 보낸 것으로 알고 있는데, 무슨 착오가 있는 모양이오!"

"그럴 수도 있지."

설무백은 정말 그럴 수도 있겠다는 듯 고개를 끄덕이며 돌아섰다. 그리고 바닥에 엎드린 채로 굳어져서 눈치를 보고 있던 노군관 이양도의 면전에 쪼그리고 앉아 말했다.

"그럼 너 혼자 저지른 짓이겠네? 그러니 들통이 날까 봐 그리 안달이 나서 달려간 거지. 그렇지?"

"……!"

주먹에 맞은 건지 발에 밟힌 건지 눈이 시퍼렇게 퉁퉁 붓고 앞니가 대여섯 개나 부러져 나가서 피범벅 얼굴인 이양도가 어찌할 바를 몰라 하며 원도명의 눈치만 보았다.

원도명이 그런 이양도를 향해 눈을 부라리며 악을 썼다.

"이런 발칙한 놈! 농땡이를 부려도 유분수지, 대체 어떻게 일을 이따위로 처리한 게냐!"

이양도가 바닥에 머리를 박으며 용서를 빌었다.

"죽을죄를……! 소관이 그만 이놈들을 유황도로 보내는 것을 깜빡 잊어버리는 바람에……! 용서해 주십시오, 장군!"

"아니, 잊을 것이 따로 있지……!"

원도명이 길길이 날뛰었다.

그러면서도 그의 눈빛은 평정을 되찾고 있었다.

이제야 빠져나갈 구멍을 찾은 사람의 모습이었다.

설무백은 그러거나 말거나 조용히 일어나서 이번에는 요미가 데려온 이천동에게 다가가서 조용히 물었다.

"내가 누군지 알아보겠나?"

요미가 뇌옥에서 데려온 대여섯 명의 사내들은 대체 어떤 치도곤을 당했는지는 몰라도 하나같이 엉망인 몰골이었다.

그중에서도 이천동이 가장 심해서 부축이 아니면 혼자서 서 있을 수조차 없는 상태였는데, 다행히 정신은 있어서 설무백을 알아보았다.

"압니다. 설 공자님이 아니십니까."

설무백은 거두절미하고 물었다.

"뇌물을 받고 밀수꾼들을 도왔나?"

"예?"

이천동이 어리둥절한 눈빛을 드러냈다.

퉁퉁 붓고 피딱지가 내려앉아서 일그러진 그의 얼굴에 무슨 말을 하는 것인지 모르겠다는 표정이 가득했다.

"아니, 됐어."

설무백은 더 캐묻지 않고 돌아서서 원도명에게 시선을 고정하며 재우쳐 말했다.

"아니라는데?"

원도명이 당황해하며 대답했다.

"저, 저자는 아무 말도 하지 않았는데……?"

"아니라고 했어."

설무백은 무심하게 말을 잘랐다.

"때로는 사람의 눈빛이 그 어떤 말보다 명확하게 진실을 드러내지. 내가 그 정도는 능히 볼 수 있어."

"……!"

말문이 막힌 표정인 원도명이 어쩔 줄 몰라 하다가 이내 안색이 변해서 바닥에 엎드린 이양도를 바라보며 쌍심지를 곤추세웠다.

"그, 그렇다면 저놈이오! 소장에게 그와 같은 보고를 한 놈은 저놈이니, 모든 것이 저놈의 수작일 게요!"

그러고는 보란 듯이 이양도를 향해 쌍심지를 곤추세우며 추상같이 소리쳤다.

"네 이놈! 제법 머리를 쓸 줄 알기에 오냐오냐해 주었더니, 감히 이렇게 나를 기망해! 그러고도 네놈이 살기를 바라느냐!"

"……!"

이양도가 황당해하는 눈빛으로 원도명의 시선을 마주했다.

설무백은 헛웃음을 흘렸다.

원도명의 같잖은 태도가 하도 어이가 없어서 그렇듯 웃음밖에 나오지 않았다.

공야무륵이 그런 그의 속내를 읽은 듯 싸늘해진 기색을 드러내며 앞으로 나섰다.

"죽일까요?"

설무백은 가차 없이 허락했다.

"죽여!"

공야무륵이 추호도 망설임 없이 원도명을 향해 나아갔다.

"헉!"

원도명이 기겁하며 물러났다.

명색이 장군이라고 나름 갈고 닦은 무공이 있는지 그 와중에도 칼은 뽑아 들고 있었다.

그 순간에 벌써 다가와서 휘둘러진 공야무륵의 도끼가 그의 목을 쳐 버렸다.

칵—!

뼈가 잘려 나가는 섬뜩한 소음이 울리며 원도명의 머리가 허공으로 떠올랐다.

뒤늦게 핏줄기가 뿜어낸 몸뚱이가 쓰러지며 두 눈을 부릅뜬 원도명의 머리가 바닥에 떨어져 굴렀다.

졸지에 벌어진 그 상황에 놀란 듯 두 명의 군관이 공야무륵을 향해 칼끝을 돌렸다.

본능 혹은 반사적인 행동일 것이다.

그러나 공야무륵은 일말의 사정도, 여지도 없었다.

카각—!

공야무륵의 도끼가 재차 휘둘러지며 다시금 뼈가 잘려 나가는 섬뜩한 소음이 터졌다.

두 군관의 머리가 순식간에 휘둘러진 도끼의 서슬에 오이꼭지처럼 따져서 공중으로 떠올랐다가 스르르 주저앉은 몸통보다 빠르게 바닥으로 떨어지며 피를 튀겼다.

적막이 내려앉았다.

진한 피비린내가 코를 찔렀다.

죽음의 공포가 장내를 잠식하고 있었다.

공야무륵이 그 속에서 혼자 움직여서 도끼의 서슬에 묻은 피를 쓰러진 군관의 몸에 쓱쓱 닦고 물러났다.

설무백은 그게 아랑곳없이 아무렇지도 않게 이천동을 바라보며 물었다.

"무슨 죄를 지었지?"

이천동도 갑작스러운 살수와 죽음에 더 없이 놀란 모습이었으나, 대답을 망설이지는 않았다.

"모릅니다. 그저 항명죄로 알고 있습니다."

"어떤 항명을 했나?"

"지난 언젠가부터 척후가 운영되지 않고 있다는 얘기를 듣고 그게 사실인지 확인하려고 했습니다. 그런데……."

"나서지 말라고 하던가?"

"예."

"그런데 다시 나섰군."

"예."

설무백은 시선을 이양도에게 돌리며 물었다.

"정말 척후를 내보내지 않았나?"

"……."

이양도가 대답하지 않고 부들부들 떨기만 했다.

설무백은 이양도의 침묵을 인정으로 받아들이며 새삼 실소했다.

"재주가 참 좋구나. 척후를 내보내지 않았는데도 불구하고 참으로 엄청난 정보를 수집해 놓았으니 말이야."

이양도가 거친 소리가 나도록 바닥에 이마를 찧으며 용서를 빌었다.

"주, 죽을죄를 지었습니다! 용서해 주십시오!"

설무백은 싸늘하게 다시 물었다.

"놈들과 내통한 이유가 뭐냐? 아니, 그거야 뻔하고, 저들이 바라는 게 뭐냐? 나냐?"

"……!"

이양도가 대답은커녕 고개조차 들지 못한 채 바들바들 떨었다. 여지없이 폐부를 찔린 모습이었다.

설무백은 정말 너무 한심해서 뭐라고 할 말이 없었다.

새로운 황제가 등극했어도 썩은 탐관오리들은 여전히 썩은 채로 살아남아서 물을 흐리고 있었다.

이래서 새 술은 새 푸대에 담아야 한다는 말이 있는 것인지도 모른다.

아무려나, 설무백은 이번 일이 단지 탐관오리들의 썩은 행실만을 탓하고 끝낼 문제가 아니라는 사실을 인지하며 애써 화를 누르고 냉정을 회복했다.

냉정해야 했다.

적이 그를 표적으로 이렇게나 치밀하게 행동하고 있다는 사실은 그로서도 적잖은 충격이었다.

이런 건 실로 그가 상상조차 해 보지 않은 일인 것이다.

'분명히 함정이라는 소린데, 광천문이 그날의 사건을 파악한 건가?'

그럴 가능성이 높았다.

그게 아니라면 그를 유인하기 위해서 이렇듯 치밀한 계획을 세우지는 않았을 것이다.

그가 이천동을 몰랐다면, 아니, 알았어도 오늘 문득 이천동의 존재를 떠올리지 않았다면 그는 여지없이 저들이 파놓은 함정으로 기어 들어갔을 터였다.

설무백은 새삼 냉정하게 마음을 다잡고 반홍을 바라보았다.

반홍은 그야말로 황당한 표정으로 넋이 나가 있었다.

"몰랐나?"

반홍이 파르르 경련이 일어나는 눈가로 설무백을 바라보며 힘없이 대답했다.

"원 장군이 적과 내통하고 있었다는 사실을 말하는 거라면, 그렇소. 전혀 몰랐소."

설무백은 원도명이 변절자라는 것이 드러나는 순간에 보인 반홍의 반응을 보고 이미 그것을 인지하고 있었다.

반홍은 이번 일과 무관했다.

설무백은 그래도 화를 냈다.

"무능하군!"

"......!"

반홍의 얼굴이 붉게 달아올랐다.

치욕적인 모멸감을 애써 참고 누르는 모습이었다.

설무백은 그에 아랑곳하지 않고 매서운 질타를 퍼부었다.

"무능한 것도 죄다! 지금과 같은 전시에는 즉결 처분을 당해
도 싼 중죄다!"

반홍의 눈썹에 경련이 일어났다.

참을 수 없는 치욕과 모멸감이 분노로 바뀌는 것 같았다.

설무백은 그런 반홍을 직시한 채로 황제에게 받은 용봉패를
꺼내서 탁자에 올려놓았다.

반홍이 용봉패의 권위를 알아보았다.

대번에 두 눈이 휘둥그렇게 켜진 채로 털썩 무릎을 꿇으며
머리를 조아렸다.

"비, 비공을 배알합니다!"

설무백은 그 모습을 보며 말을 하려다가 멈추었다.

마침 그 순간에 혈뇌사야를 비롯한 흑영과 백영이 돌아왔기
때문이다.

붉은 안개와 함께 모습을 드러낸 혈뇌사야가 제법 큼직한 상
자 하나를 내려놓으며 말했다.

"저 아이의 침실 바닥에 이런 것들이 숨겨져 있더군요. 대여
섯 개가량 되는데, 일단 하나만 가지고 왔습니다."

말을 하면서 혈뇌사야가 상자를 열었다.

순간, 대청의 사방에 밝혀 놓은 등불의 불빛 아래서 상자 안의 물건이 휘황한 광채를 발했다.

금원보(金圓寶)였다.

배 모양으로 생긴 열 냥짜리 금덩어리인 금원보가 상자에 차곡차곡 쌓여 있는 것이다.

설무백이 새삼 한심하다는 표정을 짓는 참인데, 백영이 전음으로 보고했다.

관문 밖으로 보이는 초지에 개처럼 엎드려서 이곳을 살피는 놈들이 있습니다. 대략 십여 명인데, 처리할까 말까 하다가 일단 그냥 두고 돌아왔습니다.

설무백은 가만히 고개를 끄덕이는 것으로 백영의 보고에 대한 대답을 대신하고는 안색을 굳히며 반홍을 향해 물었다.

"지금 무슨 사태가 벌어지고 있는 것인지 알겠나?"

반홍이 고개를 숙인 채 대답했다.

"원 장군과 아니, 변절자와 내통한 적도들이 함정을 만들어 놓고 비공을 유인하려는 것 같습니다."

"그래. 그거다."

설무백은 단호하게 잘라 말했다.

"해서, 나는 지금 놈들의 소굴로 갈 거다. 과연 얼마나 대단한 함정을 만들어 놓았는지 직접 내 눈으로 확인해 볼 생각이다. 그러니 내가 돌아오기 전까지 산해관을 정비하고 지켜라. 그대의 무능에 대한 죄과는 그것으로 대신하겠다!"

"감사합니다, 비공! 틀림없이 그리하겠습니다, 비공!"

반홍이 이마를 연거푸 바닥에 찧으며 대답하고 고개를 들었다. 하지만 설무백을 비롯한 모두는 이미 귀신처럼 홀연히 사라져 버리고 그 자리에 없었다.

설무백은 말로야 확인이라고 했지만 사실은 깨부수려는 생각이었다.

자만이라도 좋았고, 욕심이라도 상관없었다.

그 어떤 계략이나 함정도 그에게는 통하지 않는다는 것을 적도들의 뇌리에 깊이 새겨 주고 싶었다.

그리고 다른 사람은 몰라도, 공야무륵은 그런 그의 각오를 충분히 인지한 것 같았다.

공야무륵은 흑영과 백영이 발견한 적의 척후를 마주하자, 지닌 바 충만한 살기를 유감없이 발휘했다.

열두 명의 적 중 대부분이 그가 휘두른 도끼의 재물이 되는 바람에 다른 사람들은 본의 아니게 손을 쉬게 되었다.

그나마 도주하는 두 명을 흑영과 백영이 처리했을 뿐이었다.

매복해 있던 적들은 느닷없이 나타난 공야무륵의 기세에 놀라서 움찔하면서도 피할 생각들을 못했다.

다들 그저 왜 일이 이렇게 되는지 이해할 수 없다는 표정으로 머리가 수박처럼 깨져 버리거나 목이 잘려서 머리가 떨어져 나갔다.

그들이 약해서가 아니었다.

그저 상대적으로 공야무륵의 무위가 너무 강했기 때문이다.

투박한 모습이 무색하게 얼음 위를 미끄러지는 것처럼 소리도 없이 흐르는 도끼의 날, 그 하얀 서슬이 바람처럼 빛처럼 흐를 때마다 속절없이 박살 나거나 공중으로 떠오르는 머리는 누가 보더라도 지나치게 비현실적인 모습이었으나, 엄연한 현실이었다.

수박처럼 박살 난 머리에서 비산하는 붉은 피와 허연 뇌수, 그리고 잘려진 목의 하얗게 질린 단면들과 거기서 뒤늦게 뿜어지는 분수 같은 핏줄기는 어둠 속에서도 충분히 선명하고 강렬한 느낌이라 비현실처럼 보이면서도 지나치게 생생한 느낌의 현실이라는 모순을 연출했다.

설무백은 그것을 보고 확실히 느꼈다.

작금의 공야무륵은 전생의 그가 알고 있던 광마 공야무륵의 경지를 이미 넘어섰다.

설무백의 각오는 그래서 더욱 확고해졌다.

그 때문이었다.

산해관을 등지고 북동쪽 방향으로 십여 리를 이동해서 마주한 평야지대, 야복산과 육정산 사이에 자리한 제야림이 시야에 들어오자 그는 단호하게 말했다.

"내가 산해관을 방문했다는 사실이 전달되지는 않았을 테지만, 엄연히 함정은 이미 준비되어 있을 거야. 그래도 정면으로 치고 들어가. 굳이 억지로 소란을 일으킬 필요는 없지만, 가능하면 적의 이목을 끌어 놔. 최소한 반 식경(30분가량). 그사이에 내가 광천문의 문주인 광천패도 부의기와 몽고군을 지휘관인 버르바타르의 머리를 들고 와서 합류할 테니까!"

이양도가 알려 준 정보가 하나에서 열까지 다 거짓인 것은 아니었다.

적어도 몽고의 대군이 야복산과 육전산 사이에 자리한 제야림에 군영을 차렸다는 것은 사실이었다.

얼핏 봐도 엄청난 규모의 군영이었다.

어림잡아 수천동이 넘는 파오(몽고식 이동천막)가 포도송이처럼 다닥다닥 붙어서 군락을 이루었고, 그 사이사이, 요소요소마다에는 거대한 화롯불이 타오르고 있었다.

화롯불 주변에는 저마다 두 명에서 세 명으로 짝을 지은 보초들이 서성거리고 있었는데, 거기서부터 외각으로 이백여 장 떨어진 곳에도 마찬가지로 두세 명씩 짝을 지은 매복자들이 제야림의 군영을 에워싸고 있었다.

다만 그들에게서 엄중한 군기는 보이지 않았다.

그렇다고 마냥 해이해 보이는 것은 아니나, 은폐와 엄폐로 적당히 몸을 숨긴 느슨한 형태의 매복이었다.

마치 감히 누가 자신들을 공격하겠냐고 생각하는 듯한 경계로 보이는 모습이었다.

그리고 그것은 산해관 방향이자, 군영으로 진입하는 정면인 남쪽 지역의 경계도 다르지 않았다.

아니, 정확히 말하면 그곳은 다른 곳에 비해서 더욱 방만했다.

다들 엄폐나 은폐와 거리가 멀게 모습을 드러낸 상태였다.

그럴 만한 이유가 있었다.

그곳의 경계는 이번에 출정한 몽고군 내에서도 가장 용맹한 전사들이라는 울란바토르, 즉 '붉은 용사'들 중에서도 손꼽히는 용사인 모하이우헤르가 이끄는 전위대의 일원들이 지켰기 때문이다.

게다가 지금은 모하이우헤르도 그들과 함께하고 있었다.

하루에 두 번 도는 순찰의 시간이었다.

그로 인해 애써 전방보다는 후방을 더 경계한 까닭에 방만한 모습을 들키지 않은 병사들이 그걸 알면서도 대수롭지 않게 넘어간 모하이우헤르와 이런저런 사담을 나누고 있을 때였다.

모하이우헤르가 문득 병사들을 외면하며 전방을 바라보았다.

어리둥절하던 병사들도 이내 깨달으며 그의 시선을 따라서 전방을 주시했다.

어둠에 짙은 전방에서, 바로 산해관에서 오는 길목에서 인기척이 들려오고 있었던 것이다.

거침없이 걸어오는 사람의 발걸음이었다.

아니나 다를까, 이내 느긋하게 걸어오는 두 사람의 모습이 그들의 시야에 들어왔다.

양손에 하나씩 다른 도끼를 들고 있는 작달막한 배불뚝이 사내와 호리호리한 키에 장발을 휘날리는 외눈박이 노인이었다.

"적이다!"

모하이우헤르는 대번에 다가오는 두 사내가 적임을 알아보며 소리쳤다.

모하이우헤르의 곁에는 십여 명의 병사들이 있었다.

그가 순찰을 나왔다는 소식을 듣고 주변의 초소에 있던 병사들이 먼저 마중을 나온 것이었다.

그들, 십여 명의 병사들이 그의 외침에 즉시 반응해서 칼을 뽑아 들며 튀어 나갔다.

실로 몽고군의 정예인 전위대의 대원들답게 기민한 행동인지라 모하이우헤르는 만족한 미소를 지었다.

그러나 만족한 모하이우헤르의 미소가 경악으로 일그러지는데 걸린 시간은 매우 짧았다.

"컥!"

"억!"

가장 먼저 달려든 두 명의 수하가 갑자기 억눌린 비명을 내질렀다.

작달막한 배불뚝이 사내의 도끼가 그들을 휩쓸고 지나갔다는 사실이 그다음 순간에 드러났다.

일순 정지한 그들의 신형이 뒤늦게 하반신과 상반신으로 나뉘어서 쓰러지고 있었다.

"……!"

모하이우헤르는 반사적으로 칼을 뽑아 들었으나, 바로 나서지는 않았다.

그 순간에 다른 수하들이 두 사내를 포위하며 공격하기 시작했기 때문이다.

그러나 그것을 바라보는 모하이우헤르의 얼굴은 절로 휴지처럼 구겨져 버렸다.

수하들의 공격이 느렸다.

너무나도 느리게 보여서 가슴이 답답할 지경이었다.

누구는 손을 들어 올리려 하는 것 같았지만 작달막한 배불뚝이 사내의 도끼가 이미 지나간 후였다.

누구와 누구는 서로 합을 맞추어서 좌우측으로 공격을 감행했으나, 애꾸눈 사내의 칼이 벌써 그들의 목을 베고 지나고 있었다.

왜 그런지 모르게 모두가 느려 터지게, 그것도 엉망진창, 마구잡이식으로 달려드는 것처럼 보였다.

도대체가 그동안 그가 그처럼 피나게 수련시킨 결과가 하나도 보이지 않았다.

아니, 수련의 결과는커녕 평소와 달리 모두가 느린 나무토막처럼 뻣뻣이 움직이고 있었다.

그에 반해 두 사내의 도끼질과 칼질은 더 없이 빠르고 생기 있게 움직이며 미끄러졌다.

"아……!"

모하이우헤르는 뒤늦게 자신의 눈에 들어온 사태의 진상을 파악하며 절로 탄성을 발했다.

쥐는 고양이 앞에서 쉽게 움직이지 못한다.

뱀 앞에 있는 개구리도 마찬가지로 그렇다.

지금 그의 수하들이 그런 것이다.

지금 그의 수하들은 마치 천적을 만난 쥐나 개구리처럼 몸이 굳어져서 느리게 움직이고 있었다.

천적을 만난 것처럼 압도적인 죽음의 예감 앞에서 손이, 발이, 온몸이 제대로 움직여지지 않는 것이다.

"겨, 경종을……!"

모하이우헤르는 이제야말로 적의 침입을 알리는 경종을 울려야 한다고 생각했다.

그런데 황당했다.

어이없다 못해 기가 막히게도 그 역시 몸이 제대로 말을 듣지 않았다.

돌아서서 경종을 울리라고 외쳐야 하는데, 돌아설 수가 없었다. 그리고 일순 머뭇거리는 그 짧은 순간에도 그의 수하들은 벌써 하나도 남김없이 썩은 짚단처럼 쓰러지고 있었다.

마치 거대한 낫을 휘둘러서 갈대를 휩쓸어 버린 것 같은 광경이었다.

모하이우헤르는 본의 아니게 눈 한 번 깜짝하지 않은 상태로 그 모든 모습을 지켜보았다.

쿵-!

마지막으로 쓰러진 수하의 소리가 거대한 종소리처럼 그의 뇌리에서 쩌렁하게 울렸다.

모하이우헤르는 그제야 정신이 들었다.

작달막한 배불뚝이 사내와 호리호리한 애꾸눈 노인이 어느새 그의 면전으로 다가와 있었다.

"네가 저들의 대장인가?"

애꾸눈 노인이 묻고 있었다.

애꾸눈 노인이 보기보다 더 큰 키고, 굵은 철봉 하나가 한쪽 다리를 대신하고 있다는 사실이 그제야 그의 눈에 들어왔다.

그리고 또 그의 눈에 들어왔다.

넓은 이마와 짙은 눈썹 아래 자리한 두 개의 안광이 그의 몸뚱이를 꼼짝 못하게 만들었다.

"그, 그렇소."

모하이우헤르는 자신도 모르게 대답하고 있었다.

그의 이름인 모하이우헤르는 중원의 말로 나쁜 소 혹은 사나운 소라는 뜻이다.

그처럼 그는 평소 나쁠 정도로 사나운 소처럼 행동하는 사람이었고, 그래서 지금도 당연히 웬 놈이냐고, 감히 어디서 칼을 휘두르며 개수작이냐고 이를 갈며 외쳐야 하는데, 고분고분 대답을 한 것이다.

뒤늦게 그것을 인지한 그가 수치를 느껴 얼굴을 붉히는 참인데, 애꾸눈 노인이 다시 물었다.

"버르바타르가 여기 몽고 진영의 지휘관이라고 들었다. 맞나?"

일순, 모하이우헤르는 정신이 번쩍 들었다.

그가 존경해 마지않는 상관인 버르바타르의 이름이 그의 정신을 일깨운 것이다.

"감히……!"

모하이우헤르는 참았던 아니, 잊고 있던 분통을 터트리며 수중의 칼을 쳐 들었다.

그 순간에 무언가 둔중한 느낌이 그의 뒷덜미를 강타했다.

그것으로 그의 시야가 사라졌다.

퍽-!

가벼운 타격음이 아련하게 그의 귓가에서 울렸다.

신이 모하이우헤르에게 부여한 시간은 그 아련한 소리와 함께 영원히 정지되었다.

"애들이 경종은 다 끊어 놨겠죠?"

모하이우레르의 반응을 보고 먼저 도끼를 휘둘러서 모하이우레르의 머리를 수박처럼 깨트려 버린 작달막한 배불뚝이 사내, 공야무륵은 사방으로 튀는 핏방울을 피할 생각도 하지 않은 채 꼿꼿이 서서 몽고 진영의 파오들을 바라보며 말했다.

애꾸눈 노인, 철각사가 피식 웃으며 되물었다.

"어째 대당가에 대한 걱정은 조금도 하지 않는 눈치네?"

공야무륵이 도끼 자루를 발끝으로 툭툭 차서 피를 털어 내며 대수롭지 않게 대답했다.

"천하에 누가 감히 주군을 다치게 할 수 있겠습니까. 없습니다, 그런 사람."

철각사가 짓궂게 꼬투리를 잡았다.

"어째 그 소리는 기대나 바람으로 들리는 걸?"

공야무륵이 특유의 무뚝뚝한 표정으로 힐끗 철각사를 일별하고 몽고군의 진영을 향해 발걸음을 내딛었다.

"노인장께는 대당가지만 제게는 주군이니까요. 그래서 못내 걱정도 되지만, 다른 한편으로 무조건 믿는 겁니다."

철각사가 새삼 히죽 웃는 낯으로 공야무륵의 뒤를 따라붙으며 말했다.

"농담이야, 농담. 사실 내 생각도 같아. 못내 걱정도 되지만, 다른 한편으로 믿어 의심치 않아. 대당가를 다치게 할 사람이 이 세상에 있을 거라고는 상상조차 잘 안 되니까."

공야무륵이 슬쩍 철각사를 돌아보며 픽, 하고 웃었다.

철각사가 마주 웃어 주는 그때 전방에서 누군가 손을 흔들며 말했다.

"여기요. 우측의 전망대는 다 처리했습니다."

흑영이었다.

간발의 차이로 그의 곁에 모습을 드러낸 백영이 해맑게 웃으며 말했다.

"좌측의 전망대도 정리 끝!"

그때 몽고군의 진영 뒤편에서 화르르 불길이 치솟았다.

동시에 몽고군의 진영 사방에서 경계의 고함이 터지고 있었다.

"적이다!"

"적의 기습이다!"

공야무륵이 누런 이를 드러내며 자못 음충맞게 웃었다.

"흐흐, 역시 저 노인네가 싸움을 제대로 즐길 줄 알아."

혈뇌사야를 두고 하는 말이었다.

혈뇌사야는 몽고군의 진영을 보다 더 혼란스럽게 만들려면 양동작전이 제격이라며 요미를 데리고 후방으로 갔던 것이다.

"우리도 그만 시작하지."

철각사가 안색이 변해서 빠르게 앞으로 나섰다.

때마침 지근거리의 번초들이 그들을 발견하며 우르르 몰려들고 있었던 것이다.

공야무륵이 양손의 도끼를 쳐들며 철각사의 곁으로 나섰고, 흑영과 백영이 저마다 병기를 뽑아 들며 유령처럼 홀연하게 어둠 속으로 스며들어 갔다.

"으악!"

"크아악!"

대번에 여기저기서 단말마의 비명이 터지며 피와 살점이 난무했다.

순식간에 장내가 아수라장으로 변해 버렸다.

모든 것이 계획대로였고, 또한 모든 것이 순조롭게 진행되고 있었다.

그러나 아쉽게도 끝까지 그렇지는 않았다.

그들과의 약속과 달리 반 식경이 지나도록 설무백은 그들에게 돌아오지 않았다.

돌아갈 수 없었다.

그때, 설무백은 애초의 예상과 달리 일생일대의 강적을 만나고 있었기 때문이다.

다음 권으로 이어집니다

망한 가문의 검술 천재가 되었다

소구장 퓨전 판타지 장편소설

역사에서도 잊힌 비운의 검술 천재
최강의 꼰대력으로 무장한 채
후손의 몸으로 깨어나다!

만년 2위 검사 루크 슈넬덴
세계를 위협하던 마룡을 물리치며
정점에 이른 순간

이대로 그냥 죽어 다오, 나를 위해서.

라이벌인 멀빈 코넬리오에게 목숨을 잃……
……은 줄 알았는데,
200년 후의 몰락한 슈넬덴가에서 눈뜨다!
가족이라고는 무기력한 가주, 망나니 1공자뿐
망해 버린 가문을 살리기 위해
까마득한 조상님이 팔을 걷었다!

설풍 같은 검술, 그보다 매서운 독설로
슈넬덴가를 정점으로 이끌어라!